当代作家精品

人间五月天

湛岳 著

民主与建设出版社
·北京·

图书在版编目 (CIP) 数据

人间五月天 / 湛岳著 . —北京：民主与建设出版
社，2021.7
ISBN 978-7-5139-3602-6

Ⅰ. ①人… Ⅱ. ①湛… Ⅲ. ①散文集－中国－当代
Ⅳ. ① I267

中国版本图书馆 CIP 数据核字（2021）第 118047 号

人间五月天
RENJIAN WUYUETIAN

著　　者	湛　岳	
责任编辑	周佩芳	
封面设计	张瑞玲	
出版发行	民主与建设出版社有限责任公司	
电　　话	（010）59417747　59419778	
社　　址	北京市海淀区西三环中路 10 号望海楼 E 座 7 层	
邮　　编	100142	
印　　刷	三河市金元印装有限公司	
版　　次	2021 年 8 月第 1 版	
印　　次	2021 年 8 月第 1 次印刷	
开　　本	710 毫米 × 1000 毫米　　1/16	
印　　张	13	
字　　数	210 千字	
书　　号	ISBN 978-7-5139-3602-6	
定　　价	59.80 元	

注：如有印、装质量问题，请与出版社联系。

序　说说湛老师

罗纳

　　说是作序，落笔却只是因读后有感，老师真性情，叫我只管写，他定拿来作序。我少不更事，忐忑不安，连夜查询别人作序的要点诀窍，那上头罗列一堆，直教人头昏脑胀，简单归要，最重要却只有一点，坦率，诚实。心里便有了底，就放开手脚，率性地写。

　　湛老师是我的数学老师，我是他的学生。

　　遇见他时我正值高二文理分科时，第一次见面，老师黝黑精练，上着袖口磨损的军绿汗衫，下套黑色涤纶短裤，一头乱发斑驳了大半，眉目间坦然从容，笑时一口白牙，目光率真，带着些腼腆似的投向你。我对老师的笑容印象深刻，敢说二十年之后，我回忆起湛老师，浮现在脑海的一定就是他带着些害羞似的真诚的笑容和目光。

　　我上课时安分乖巧，纵使不喜欢某位老师，也不会在他的课上捣乱。但班级里总不缺调皮捣蛋的学生，湛老师一口湘音普通话，有学生凭此在他课上故意同他抬杠，给他难堪，也有家长向班主任提意见，湛老师知晓后，在上课之前同我们推心置腹地说了一番话，内容我已记不清，但那时老师的眼神却印刻在脑海，没有愤怒或是与其相生相伴的负面情绪，只是忧郁，带着些无可奈何，眉头皱起，神情像是在说："嘿！同学们，老师已经把心摆出来放在这里了。"

我从未遇到一位老师有这样的神情。

毕业之后我同闺中密友说起这事，她最初也是那些捣乱的人中的一个。她闲闲地拈起一粒葡萄，闻言顿一顿，吐一吐舌头，很抱歉地笑，说希望湛老师以后的学生不要像我这样。我也笑，说没关系，他们到后面都会明白湛老师的。

什么时候湛老师从"我的一位数学老师"变成了"我人生中重要的老师"呢？大抵是在一次出游后吧，湛老师跟我们班的车。我嫌路途遥远无事可做，带了本书途中解闷。书名是《了不起的盖茨比》，拿在手上，老师就叫住我，说你也看这本书吗？我抬眼笑，说："嗯，看着玩。"

途中便同老师坐在一起闲谈，谈论看过的书，遇到的事，对过往的感受。老师笑说，我是看你看这本书，才同你说这么多的。又说，以后可以相互交换书来看。我点头答应。

之后就开始交换各自的藏书，读后感受也在课间泛泛地同对方聊上几句。后因高三学业繁忙，再去办公室找他，手里拿着的多是难解的习题了。

有次他给我带来一本书，是哈代的《苔丝》，同我说，女孩子应该看看这本书。现在想起，大抵也寄托了一位老师对于学生家人般的关爱与希冀吧。

两年的朝夕相处，奔波于课本和习题，课上没理解的地方，自己做练习，有了问题三天两头地往办公室跑。渐渐就忘记了，我的老师，在成为我的老师之前，也是父母的孩子，是老师的学生，是女神的追随者，是孩子的父亲。

这两年内我对老师的了解，不及这些天对他作品的阅读更深。如何去说，读他的文字？无一字不真，无一句套话。你从这些文字中，看到一个从泥土中长起的后生，从隐忍懵懂的少年，到满怀心事的青春年少，再到年华老去，这些形象鲜明地在我脑海中，与我的数学老师重合，与他真挚沉静的目光，他爽朗中带着些腼腆的笑容重合，成为一个立体的人像，存活在我的心中。

　　他的文字带着泥土气息，不矫揉造作无病呻吟，不故弄玄虚玩弄文字技巧。他心里有什么话，便讲出来，没有讨好什么人的意思，也不畏惧别人将他看透。摘下他的一段话：我对自己的冷酷感到害怕，我要写下自己道貌岸然下的冷酷。我可以不写出来的，那不意味着我就仁爱了，只是在残酷之上又多了一层虚伪。

　　我很少看到这样坦率直白的话。

　　我是他的学生，他培养了我逻辑思考的能力，他也以他自己为模板，为我人格的塑造出了力气。他同每一个他的学生都说了这样那样的，他所体会出来的道理，有些人压根没听，有些人听过忘了，有些人将他记在心里。我想，我会带着他教给我的朴素与真挚，走向我的未来。

2018.8

目　录

第三辑　人间五月天

第四辑　生日之花

第五辑　家乡

第一辑　师生情缘

　　爱是人性的春天，爱在心里播下的种子总在成长。爱让心灵不荒芜，长满绿，开满花。爱让我即使身处寒冬，也感受到冰雪的灿烂；身处黑夜，透过窗外的灯影，能看见天上的星星。假如看不见星，我闭上眼，也能看见。我感觉把黑夜拉近了，拉到我身体中去了，我走向一个新的光亮的世界。

毕业赠言

回首过去，总是激动，更有悲伤。时光回不去了。三年前，你们怀揣一颗初心走进校园，今天，毕业了，你们将走向四面八方。三年，一千多个日夜，人生有几个三年？校园有你们的脚印和身影，有你们的青涩和迷惘，有你们的哭和笑。你们背起行李，走出校园，留下了你们在校园的一切，你们带着梦离开。以后，你们来母校，母校将不是你心中的模样。你们熟悉的校园，将成为更多人的校园，很多人还会在这里做梦。这里永远是春天。

母校已粘贴在你们记忆中了，你会用一生去想念。如同吃进的食物，化成了你的血肉，你可能忘记吃过什么，只感到身体长高了，血肉丰满了，羽翼丰满了。高中三年，除了学习生活上的记忆，你们精神层面上的收获是什么？你们是怀揣着梦踏进校园，经过三年的磨炼打拼，初心有没有变化？是什么让你如此有思想，有情怀？你们为什么会永远记住这三年的经历？这是一种精神的源泉，是母校给你的，你的言行都有二十一中人的烙印，正如同母亲给你生命，无论你走到哪里，你都是妈妈的孩子一样，你们以后永远是二十一中的人，以后的造化靠你们自己了。我没有祝福，那是空话，你们以后少讲空话吧。你们像一群鸟，从校园起飞，我看着你们飞，直到看不见。世界是美好的，也是丑恶的。社会是公园，也是战场。现实与理想之间，隔着千山万水。如何做人，我没有忠告。假如若干年后，你们还是善良的人、有爱心的人、爱读书的人、有独立人格和思想的人，我将以你们为荣。

二十一中六十华诞

　　我仅是在电视里看见过这种气势磅礴的晚会！我被这种气氛深深折服！像面对高山大川，奔腾的急流，我看见，我震撼，我无言却热血沸腾！说实话，什么巨星演唱会，几百元一张票，我从未去看过。不完全是舍不得钱，主要是觉得花几百块钱几个小时看那些浅薄低俗的热闹不值得。自己学校的晚会就不同了，学校是我家，我是学校的一分子！更何况是"第30届校园文化艺术节暨校庆60周年文艺晚会"！好比是自己母亲的生日，我要以赤子之心朝拜！更何况今天的二十一中风华正茂正散发出蓬勃生机！节目分三章：初心，追梦，飞翔。开始有序幕：歌舞《盛世华章》；结束有尾声：全体师生合唱《歌唱祖国》。观众除了在校的上千师生，还有退休的教职员工，已经毕业的各届学生代表以及各班的家长代表，场面浩大，气势恢宏！

　　由钢筋搭起一排中间高，两侧低的骨架巍然屹立。中间安放大屏幕，两侧各安一小块的屏幕。屏幕四周装有许多射灯，宽敞的舞台外侧装有一排灯座。与大型屏幕相对处，还有一排高架，在第二层坐着几个灯光调节师。底部的灯，不时喷出一团团烟雾，舞台呈现着山水一样的意境。灯光色彩缤纷，像水柱交错着、跳跃着。有时，一束束光柱像烟花冲向高空，有时，灯光像百花绽放百鸟展翅。偶尔灯全熄了，荧屏与天地一色，全场静声敛气，好像在等待一个新世纪出现！音箱高高挂在银屏两侧另外竖起的钢架上，乐声像风一样吹着你，像手一样抓着你！那些美妙的旋律进入你的身心，像有谁在你胸腔打鼓！好像有一只船航行在碧波荡漾的海面上，你坐在船上摇呀摇呀，情不自禁地歌之舞之！是呀，在这样的夜晚，所有二十一中的人迫切需要用这种方式吼出对学校的祝福和热爱！再洪亮的声音，再激扬的乐章，再热烈的气氛都不足以宣泄我们的情怀！所有节目，比那些明星的歌舞毫不逊色，更有生活气息和健康向上的情怀！表演节目的师生都有明星范，他们从各个方面展示了自己的才艺，也展示了二十一中人的精神风采！节目主持人刘一娟、肖岳峰等人可以当专业主持人了。肖岳峰老师帅呆了，晚会之前他以简短有力的话语，遒劲有力的肢体舞动，引爆全场。本来一入场，所有人便被晚会场景深深吸引，想歌想舞想释放，他点燃了热情的火，田径场到处火光腾飞，像波浪起伏，哗哗有声！刘一娟老师无论是形象气质，还是内在蕴含，都是棒棒的！语文老师，临场应变，出口成章！一身长裙，曲线毕现，恰到好处的高矮肥瘦，加上她那弯弯卷扎的长发，那种略施粉黛的脸蛋，那种意气风发青春飞扬的笑容，让她魅力四射！操场上空悬着一个航拍器，银幕上不时播出航拍的图像，好像是从地球之外的星球拍摄的，渺茫的宇宙，唯这里星星点灯，璀璨夺目，好一片神奇的热土！我们在冬天的寒夜中热情澎湃，庆祝二十一中六十华诞！节目一个个推进，那个长臂摄像头旋转着，时高时低时急时缓，不断地抓拍着各种镜头。舞台上激情舞动，操场上成百上千的师生挥舞着荧光棒与台上互动呐喊纵情欢歌，掌声一波一波如夏雨急骤经久不息，整个操场在起伏震荡！

其时，天上一轮镰月，冬天的寒夜有月亮，显示这是个非常之夜。天色幽暗，四野苍茫。但校园上空天底依稀可见，微亮的云微黑的云互相交错，形成一线线、一块块不同的图案。节目精彩连连，天上的云，也在变幻着色调。那些微亮的云时而扩大，时而变小，那些微黑的云有时变成山峰，有时变成沟壑。好像它们随着音乐的旋律也在不断变幻着表情。

升旗

　　每周一早晨 7：30，学校举行升旗仪式。全体师生参加。两三千师生列队站在田径场上，唱着国歌，目视五星红旗升到杆顶。这是一个庄严肃穆的场面，也是一个激动人心的时刻。升旗提醒并激励着我们以饱满的热情，爱祖国爱人民。

　　本周一升旗时，太阳刚好升起。前天，清明节，下雨，气温骤降，今早气温不冷不热，正是人间四月天，春风微微地吹，春光暖暖地照。花草树木满脸含笑。樟树的旧叶几乎掉尽，一树的嫩黄。金黄的叶子摇曳着，像挥舞着的小小旗帜！师生们到树下，好像到了佛门圣地，受到一种精神的呼唤，一种信仰的皈依。主席台建在两棵樟树之间。树枝把它遮盖了，从远处看，只见树不见台。

　　升旗。标准的着装，整齐的步伐。一，二，一；一，二，一；立正，齐步走。随着一系列动作完毕，旗手分开站立，国歌响起，国旗徐徐上升，飘于旗杆顶端。

　　我听着国歌，望着红旗冉冉升起，许多沉寂的情绪便涌动起来。看到五星红旗高高飘扬，好像看到巍峨的大山，看到参天大树，看到大海腾起巨浪，看到天空荡起云霞。

升旗，确实让人激动，让人热泪盈眶。我参加升旗仪式，常常感到一阵阵痉挛，这是在一种精神感召之下身体的反应，是作为中国人对自身尊严和价值得到认可和提升的感恩。

太阳升起来了。明亮的阳光从东边楼顶射过来，照到田径场上，每一个人都感受到了太阳的温暖。这是春天早晨七八点钟的太阳，照得人心春意盎然。旗杆，立在田径场的南端。师生，最开始是面向主席台，面向樟树。升旗时，再向右转，朝南面向国旗。升旗毕，又转向樟树。这时太阳斜射到樟树之上。我背部感受到阳光，一种春天独有的温柔感觉从背后开始向周身散溢。太阳在校园上空照耀，红旗在校园上空飘扬。

校园的树

玉兰树

　　我校有两排玉兰树，上班时总看见它们。精干的身躯，翠绿的枝丫，高高瘦瘦，好像总是一个样子。春天很多树长出新叶，它们好像没有动春心，印象中玉兰树不掉叶，总是一种颜色，像一个人总是着同一服装。那些大大的叶子墨绿凝重，显一种特别的质地，实而不华，美而不炫，朴素中见神奇。

　　今天，我才看见玉兰树的新叶，是站在楼上看的，那些新叶，已经长得和旧叶一般大了，只是淡黄一些。从玉兰树下很难看见新叶，它们被依旧茂盛的旧叶遮挡了。好多树，长出一点点嫩尖，可看到，当新叶满枝，旧叶自然掉光了。玉兰树，不落叶，叶片又大，新叶又长树梢，自然难以看见。待看见时，已近旧叶了。

　　晚上，教室的灯光把夜色挤到玉兰树上去了。这时，叶子与叶子，树与树连成一线，如墨绿的山峦，外端现一些黑色的参差线条，像画家的枯笔或泼墨。

玉兰花，是一种大气的花，它的花瓣大，盛开像荷花，但比荷花厚实。大叶子的玉兰树，如果开细细细碎碎的花，是不相称的。玉兰花，不是特别的鲜艳，白色中有黑的淡影、红的浅润，是一种不张扬的艳，一种不做作的艳。玉兰花，把玉兰树的底蕴气质都彰显出来了。玉兰花被那些粗枝大叶撑着、包裹着，不显眼，需要把叶子掀开方可发现。它们也乐于被那些深爱它们的枝叶宠着，幸福地蜷缩着身子。你只要发现一朵，便会发现很多朵。玉兰树朴素而伟岸，玉兰花简洁而温情，这时，我似乎懂了玉兰树，也懂了玉兰花。

樟树

田径场西侧，那几棵大樟树，每次升旗，我都能看到它们。它们六十多岁了，像一座座山，在我们心中有着崇高的地位。它们以自己的古老宁静、挺拔苍翠驻守在校园。树皮像黑色的铁甲，缀满弯弯曲曲的皱褶沟槽，还有些黑洞黑包，这些都是岁月留下的杰作。这些树总保持着旺盛的生机，即使遇见秋霜冬雪，没有出现过叶尽枝秃的时候。它们把根须深深扎入地下，吸收着泥土的养分，总是血气方刚。樟树向高处向四周恣意伸展着枝干。层层叠叠的分枝，曲直有范，情态天然，遒劲有力。树下，常有些黄叶黑籽，但绝少有枯枝断丫。你在树下仔细搜寻，树冠中很难发现一番风雨就可掉下的枯枝。它们像停在田径场的大型飞机，清风徐来，树叶婆娑有声，树冠微微晃动，飞机好像要飞了。但它们不会离开校园，它们深爱着校园，脉脉含情地坚守在校园。

春天时节，樟树长出像婴孩一样细皮嫩肉的新叶。看见婴孩，你的心会被他的纯真感化得融融切切，此时，我的心也融融切切。我仰视着樟树，高处是广袤的天空，天空是荧光色。迎着太阳的叶子，嫩黄中加了金色，背阳的那一小部分则显得翠绿。高处的叶子，微微晃动，闪着晶莹的光亮。仔细一看，那些密密匝匝的叶子，都在微微闪动。它们是随春风拂动，还是对春光的一种本能反应呢？

最大的那棵在东头。正方形石框围着它的根部，底部主干一米左右，要两个人方可合抱。上面长出一些粗壮的斜枝，层层交错，横向上舒展。它有两层楼房高，那些树枝在视觉上把它拉矮了。站在田径南端教学楼窗户看树，看不出树枝，只看见绿叶，凹凸有致，严严实实，无一丝缝隙，像一座座山。

这些樟树的根，应该钻到田径场中间的地下去了，树枝伸到田径场中间了。树枝与地之间有一个很大的空间。这个空间被浓密的绿叶挡住了太阳，也挡住了雨水。夏季樟树下，像装了空调一样凉爽。

师生情

正月初三晚上，我和冯老师，与三十年前毕业的学生相聚。学生来自原湘阴七中89届的两个班44班和45班。当时，冯老师和我分别是这两个班的班主任。说实话，我不太想参加学生宴请。酒喝不了多少，学生几句恭维之后，就喝得面红耳赤。这还不是主要原因。请我喝酒的学生，多半是二十世纪八九十年代出生，五十岁左右，有的比我小不了几岁，我仅是上过他们几年课，国家给了工资，我本分地履行职责，何以享受他们的厚爱呢？当然，学生对你纯是尊敬，是真情实感。师生围坐一席，主事学生致辞，提议我们共同举杯，祝老师新春快乐！第一杯酒下肚了。后来就一拨又一拨敬酒了。美女举杯敬，老师能不喝吗？帅哥又敬，也只能喝了，不能分彼此。一个个轮流敬时，你喝了甲同学的酒，乙同学敬的自然要喝。丙同学又来了，他先干为敬，讲老师随意。老师随意也一口干了。有两个班的学生，44班的弟子一起敬45班班主任，于是45班的弟子一起敬44班班主任。

我和冯老师连坐，每人旁边都坐了一个美女，负责倒酒。酒先倒入小壶，每人一壶，酒杯小巧，大概半两吧。酒杯浅了，马上就加满了。那个小酒壶空了，很快倒满。她们手脚快，倒酒时你根本感觉不到。我和冯老师已喝两壶了。弟子们面前那壶酒，才只喝了一半。我说老师敬你们，感谢你们！都站起来了，师生酒杯碰一起了，加上交织一起的手臂，组成一个巨大向日葵，每一张笑脸都是一朵葵花。帅哥们脸色白里泛红，美女们的脸色红晕晕。酒喝到高潮，这时有学生打电话给未来的。人越来越多了，包厢本大，这时也站满了。

　　我喝两小壶，已过平日的界限。只见人影幢幢，晃晃悠悠。再有学生来敬酒，我都婉言谢绝。长时间以来，我第一次喝这么多酒，七八成醉了。后来，我主要是坐着看热闹。喝酒主要在学生之间进行。那几个后到的学生，很快进入状态。拿着酒杯，满桌跑动，敬酒干杯。冯老师一直与学生们互动。他酒量比我大，学生敬酒，他来者不拒。他确如学生所称道的那样有儒雅风范。

　　师生相聚，话题大多是读书时的事。杨旭开玩笑问我要一本什么书，他说他上课看时被我没收了。吴艳红说她读寄宿时，有一次晚就寝讲话，我发现了，停她们几个两天的课。还有很多学生，讲述读书期间许多事。石小红问冯老师还记得她吗？冯老师讲："我怎么不记得，你那次生病，还请过一次假。"后来，话题转到谈爱上来。那时哪个老师喜欢哪个同学，哪个同学喜欢哪个老师，哪个同学和哪个同学谈爱。在来的弟子中，宋文夫妇是同班同学，杨新怀夫妇是同班同学。

　　那时学生十七八岁，老师二十三四岁，喜欢谁，再正常不过。哪个男子不善钟情，哪个女子不善怀春？只不过那时，师生之间有隔膜，心里想谁，不好直接表达。间接的方式，一旦间接得对方不解其中味也无济于事。那个年代师生恋很多，我猜想多半是老师占主动，从另一个方面为学生做表率。过了三十年，现在师生之间的隔膜几乎没有了，还有什么话不可说呢？三十年之前不敢讲的，现在可以讲了。学生们放得开，各种话题都讲。他们读书时，憋着的种种诉求，终于找到机会表达出来了。当然，只是讲讲而已，爱或被爱，都成过往，失去的，不再回来，除非，从现在退回到那种青涩年代，那就有故事了。

师生一场，是一生情缘，那些在一起学习的情形，都收藏在脑际某处，那是岁月浓缩的精华，翻出来看看，总得到一种精神慰藉。三十年前，我们一起学习，三十年后重相见，三十年的岁月都在这里云翻浪滚，多少往事都在心灵的屏幕上重现如初。只要是那时经历的，包括当时懵懵懂懂或偷偷摸摸做的事，现在回想起来，都倍感亲切。

我想，学生们这么热情，他们想见的是过去的老师，看到的却是现在的老师，他们也许有些失望了。老师想见的也是那时的学生，不过更想看看他们现在变成什么样了。今天，看到了，看到学生都是自食其力的劳动者，倍感自豪，油然而生一种成就感。后来，酒喝得差不多了，服务员来帮我们照相。我和冯老师坐前面，弟子们坐的坐，站的站，如众星捧月。

走出酒店。夜色温柔。路灯温柔地照着街道。街道朦朦胧胧，浑浑悠悠，恰如我酒醉的思绪。天空青灰色，车辆不多，偶有车鸣，偶闻烟花爆竹声，恰如我想表达又未表达出来的喜悦和希望。高高低低的楼房，窗灯如幕，时光静美。喝酒聊天，感受到了温情，这时，脸上褪却些热燥，剩下满腔的感动和舒爽。这时，美女学生围过来了，她们一一跟老师热情拥抱。我想，没有喝酒的话，她们不会这样。我自然热情拥抱她们，这也许是多年的隐隐约约的飘忽不定的梦想。只是觉得，有种热情之后的虚无，梦醒之后的无奈。我又想，这时老师抱的是现在的学生还是从前的学生，学生抱的是现在的老师还是从前的老师呢？谁说得清呢？……

春游

　　春游，也可以说是夏游。春天计划的，因春雨连绵，一推再推，春游就变夏游了！虽是夏游，心情仍是春天的，所看到的、感受到的都是春。久居闹市，向往自然，只要走出去，就是轻松的，快乐的。我坐在车上，总要撩开窗帘，看擦肩而过的景色。在城区行驶时，我抬头看天。前几天，一直下雨，是初夏激情的雨，此时，那样沉闷低垂的乌云消散了。天空灰白，像秋天山上的雾，但比秋雾飘逸，像冬天常见的暮霭，但比暮色明亮，像夏日天阴时的天色，又没有那么明亮。这是一种弱弱的色彩，一种浅浅的情调，我心情也是这样。车子驶离城区时，我低头看地。我喜欢田地，就算长满野草，它的美也胜过城市公园。看到那些建在肥田沃土上的楼房，我有些失望。那栋建在青山绿水旁的民楼，让我无限向往，我想在那里生活，即使粗茶淡饭，也是十分幸福的。前面有一个小池塘，水面不时起波澜，肯定有鱼，靠近池塘，有一大片菜地，我看见了莴笋、空心菜、苋菜，辣椒，黄瓜藤也上架了。
　　春游的目的地是浏阳市的一个国防教育基地，离大围山不远。车过浏阳市区后，我一度看到了横亘在前、高耸入云的大围山。后来，车进入山地，就只看到近处的高山了。车穿过两条隧道，有一条全长近三公里，但公路并不陡峭，没有看见急弯斜坡，也没有感到颠簸晃荡。山峰挺拔，树影绰约，虽一晃而过，但山之奇美险峻还是充分领略到了。我看到了一幅美到心醉的山水画！几座大山矗立，一湖清水连山为一体。山上树木葱茏，墨绿一色，山下湖水青蓝，明亮如镜。天倒映水中，水天一色；山屹立水中，山水无痕。山缺水，不秀；水缺山，不灵，这里天地相对，绿水青山，时光静美。

车行途中，天空变得明亮辽阔，但太阳还是在云中，云彩绚丽多姿。到目的地后，云开日出，天晴气朗，恰似春光乍现，让人惊鸿。气温宜人，仍是春天的温馨，无夏天的燥热。

基地设在一个植物园内，不远是高山，园内植物多。玉兰树、樟树、桂花树、松树、杉树，这些树我认识，还有许多我不认识的树。没有特别高大的树，有些地方还栽有低矮的苗树。樟树、桂花树很多，它们不高，但枝多叶密，树冠庞然，生机勃勃。同种树，栽一块，不同树之间也没有明显的界线，被横纵相连的大道分成几个区域。路边，有花开放，那些花，单看名字就让人动心：女朋友、惊鸿、绒球门廊、巴尔扎克、达·芬奇等。拉练的场地就设在这些花草树木之间。

我邀同事去散步。阳光照耀，绿叶闪光。草色青，花儿美，水灵灵的样子好像刚从春天长出来。绿是静静的，但你看久了，这些花这些树，便有了声音。苏轼《赤壁赋》中说："惟江上之清风，与山间之明月，耳得之而为声，目遇之而成色，取之无禁，用之不竭，是造物者之无尽藏也，而吾与子之所共适。"花草树木如清风明月一样，是造物者之无尽藏也，耳听有声，目见有色。花草树木是生命，彰显某种信念，不然，有人何以只向花低头，只对树下跪呢？树真我本分地长着，长成树的样子，花真我本色地开着，开成花的样子，人应本分本色即真我地活着，才活成人的样子。我们走着走着，肺被洗了，心也被洗了，那些急功近利的冲动，那些爱莫能助的伤感等情绪都消失了。

后来，我钻到树木中去，与树零距离接触。地湿漉漉的，那些裸露的泥土淋足了雨水，硬的地方溜滑，松的地方如泥浆，但这些阻止不了我的脚步。鞋子沾有泥浆，衣裤也弄脏了，心做了一次皈依。我又想到苏轼《赤壁赋》中"哀吾生之须臾，羡长江之无穷。挟飞仙以遨游，抱明月而长终"。我不可挟飞仙抱明月，但我侣花草而友树木，亲亲花抱抱树，总可以吧。

学生下车，立即到大坪集合，进行集体项目的操练。每个班，都有教官跟着，老师在旁边欣赏就是。这样的训练与往日不同，他们特别感兴趣，全身心投入其中，老师不必担心什么。集体项目完成，分成两组到各处拉练。

拉练，十二点半结束，然后是野炊。基地有一个野炊区，那是一块坡地，栽有树木。树下空地砌有一排排低矮的方形灶台。老板提供锅、柴火、米饭。学生八人一组，租一个灶台。他们自带了些食材，少了可以到老板那里买。这个活动是压轴戏，是学生最有兴趣的，同组同学早已分工，到时各显身手。

前段时间一直雨天，那些木柴沾了湿气，一时难以充分燃烧，灶口烟直冒。好久之后，灶口铁锅周边开始冒火了，火烧起来了。烟雾缭绕，学生们的身影忽隐忽现。有的在炒菜，有的在切菜，有的在洗碗筷，有的在抢着试菜味或抢着炒菜。烟熏得眼睛睁不开，脸上变黑了，一身汗，但样子都萌。混合着各种肉香菜味的空气弥漫开来，好远闻见。九个班的学生，集中野炊，场面壮观，热火朝天。我在其间走走停停，不时有学生要我尝尝他们的劳动成果，我来者不拒，难得有机会吃百家饭菜。学生准备的食材多，早早炒好围坐一起大口朵颐的组不多。也有学生要我掌勺，我也不客气，操起锅铲便炒，被烟熏得一把鼻涕一把泪，一不小心把学生准备的菜全部炒好了，还边炒边讲解，学生嘴里嘎巴着，流着口水，比在课堂上听课的样子可爱多了。看见他们把饭菜扫光，吃得津津有味的样子，好生欢喜！他们平日饭来张口，今朝自个儿动手，这也是一种学习。

运动会

　　这两天学校开运动会。周四到周五上午，学生田径运动会。周五下午，老师趣味运动会。一年一次的运动会，师生都开心。入场时，全校学生分班站成方阵，迈着整齐的步伐走向田径场。这时，激扬的《运动员进行曲》响彻校园，国旗校旗，气势如虹。有的班，学生手里都拿着扇子，准备表演"三色变五环"；有的班，学生手里拿着花环，时而举起，时而放下，异口同声喊着口号。接着分年级，表演节目。卡通形象，栩栩如生；龙腾狮舞，生龙活虎；擒拿格斗，活力十足。学生这些表演才能，平日藏掖着，这时就显示出来了。

　　比赛进行时，田径场上到处是人。天空蔚蓝，阳光普照，万物生辉。这样的天气，单就坐在温暖的阳光下，就十分开心，还参加种类繁多的各种运动，就更让人快乐倍增。学生跃跃欲试，摩拳擦掌。随着一声声发令枪响，跑道上有学生如马奔驰，旁边有学生助跑、呐喊。真是速度和激情齐跑，呐喊和快乐同飞！田径场大，很多比赛同时进行。呐喊声此起彼伏，校门外也依稀可闻。踏入校门，你就会被这种声音牵引着，激动着。没有参加比赛的同学，自发地踢着毽子、跳着绳、转动着呼啦圈。有的，在那些空地追逐打闹，嬉笑声不断。置身在这样的场景中，你会想到什么呢？激流，波涛，火山，急雨，飞鸟，风起云涌，雷鸣电闪，虎啸狮吼，万马奔腾，千帆竞发，万木争荣……凡是显示精神和力量之美的形象都会在你的眼前闪现！你在一种声浪中飘浮，你在一种精神中陶醉，你觉得这秋天的阳光就是春光，这里鲜花在绽放，蝴蝶和蜜蜂唱着春天的赞歌。那竖立在田径场南端的电子显示屏，滚动播放着各种精彩的片段。火热的青春在燃烧，这是一种持续的陶醉，更是一种理智的狂热。燃烧吧！乘着美好时光，发出光芒万丈。

学生参加运动会，肯定有名次之争，这些名次分属不同的班级，就构成了班级荣誉。我当班主任时，总是鼓励更多的学生报名参赛，重在参与，至于名次，顺其自然，把享受运动的快乐放在首位。把自己想象成一只鸟，你就在空中展翅，还可欣赏一下周围的云彩；把自己想象成一只狼，你在草原上奔跑，就是那样的跑呀跑呀，草原多辽阔，生命多美好。老想着要拿名次，你的手脚就放不开。心情不放松，思想受到束缚，什么事都做不好。你就带着自由开放的心情去释放自己，我运动我快乐！

一群鸟，排着整齐的方阵，从田径场西北角飞来，从东南角飞走，不一会儿，又飞来了，它们多半是被田径场热闹的场面吸引了。平日上课，师生都辛苦。学生每周有体育课，但不是每天都有。如果学生每天有一节真正意义上的体育课，也许他们对运动会的渴望没有如此强烈。我总是想，看一所学校是否真的是对学生的终身成长负责，就看它是否保证学生每天至少有一个小时运动。小孩十几岁，正是长知识的时候，更是长身体的时候。书没读好，以后可以补，但身体错过最佳成长期，就无法弥补。一个人拥有健康强壮的身体比什么都重要，一个人没有好的身体，就像在 1 前面加 0，是没有意义的。

对老师来说，拥有一个健康的身体尤为重要。在现在教育模式下，老师上了白班，还要上夜班；上了正常工作日的班，还要在法定假日内加班。各式各样的考试排队，各式各样的检查评比，各式各样的培训充电，像悬在头上的利剑，让你提心吊胆。你只能服从安排，否则，许多上纲上线的帽子来了，你招架不住 。在这种新常态下，老师没有好的身体支撑，肯定不能完成党和人民交给的光荣而神圣的任务。教师趣味运动会，集运动和娱乐于一体，让老师们在快乐中运动，在运动中快乐。设计的个人项目很多，投篮、企鹅跳、袋鼠蹦、滚铁环、掷飞标、赶猪、摇呼啦圈、打乒乓球等。集体项目，是以年级组为单位进行比赛，有跳绳、接力跑等。

　　学校为什么要开运动会？就是在全校师生中倡导运动的意识，形成运动的习惯。我平日爱运动，最喜欢打乒乓球。某天没打球，我便觉得这一天生活没趣味。如果某天我打球了，即使工作再累，我也觉得爽歪歪。我认为运动的快乐，最接近生命本原，首先，是肉体的，然后，又转化成精神的。人运动过后眼中看到的、心中憧憬的都是美好的事物。运动让你心生善美，你看不见邪恶和阴暗，至少暂时看不到。这就是为什么爱运动的人，性格开朗心态阳光的原因。

我的朋友圈

　　2014年上半年，我开始用智能手机，那时我的同事们已大多在用。之前，我一直用的是诺基亚。我觉得手机能接打电话，收发信息就够了，要那么多功能干什么。别人笑我真的老土了，笑得我没办法就买一个。当初，许多功能我不会用，也懒得去理，还是当诺基亚在用。有热心人士给我上了培训课，我开点窍了，慢慢学会了。两个月后，同事帮我下载了微信，从此，手机只在我睡觉的时候才离开我，其余时间不在我口袋中，就在我手上。出门忘拿手机，不论离家多远，我都要返回家拿。其实，我非重要人物，一天几乎没人打我电话，但看惯了微信，突然看不到，心不免寂寂焉。

　　我可以把我的图文展示出去，让更多的人看到。我也看到其他人的信息。我朋友圈小，微友大多是亲戚、同事、同学、球友、酒友、文友。有的，从未见过面，估计以后，也不会见面，但时有联系，我的文友大多属这类。有的，好久之前认识，也好久未见，比如三十年前我刚参加工作时的同事、学生大多三十几年没有见过了，微信也是后来逐步加上的。大多是现在的同事、球友、学生家长等。我教书会遇到新学生新家长，打球会遇见新球友，写文章也会遇到新文友，我会添加新微友。

一段时间，某些微友不见冒泡，某天，我发一则图文，又见他们点赞点评，说明他们仍坚守在我的朋友圈。

我是老师，学生的微信不是特别多。学生读书时，手机使用受到很多限制，即使有微信，也极少使用。毕业时，有学生主动加我微信，也极少交流。学生听老师唠嗑太多了，也厌倦了。再者，老师和学生之间，年龄差别越大，观念差异越大。你对他所发的东西不感兴趣，他对你发的东西更不感兴趣。所以，学生的微信，我一般不加。家长有求于你时，对你发的图文关注点赞，小孩一毕业就不理你了，所以，家长的微信，我一般不加。

我写些随笔后，认识了一些文友。我主动加了一些。这些文友大都是科班出身，写作时间比我长，写作水平比我高，都是我的老师，时常给予我及时的批评和鼓励。我写的一些文章，他们有时也分享。我常拜读他们的文章，从中揣摩为文之道。他们大多遵从现实主义的写作宗旨，关注现实中热点问题，有侠客情怀，提笔如拔刀，溅出一篇篇充满血性的文字。

我朋友圈平民较多，所转发的图文就是他们这一层次的人所欣赏的。爱吼歌的，经常发歌。爱看小品的，经常发视频。也有人晒幸福秀恩爱，也有人晒痛苦秀烦恼，也有人把对他人对时事的看法写出来发朋友圈，不过，现在这类人少之又少了。

我有微友开网店。我总觉得到实体店买东西，东西看得到，还常买到假货，网店里买东西看不到货，就更不必说了。买了假货，退货十分麻烦。所以，我不网购。现在网购是潮流，很多人一日三餐都是网上定购的。有时看见优惠品，我也托朋友买点。钱不多，也算是对朋友的支持。慢慢地，我不再视网购为洪水猛兽，时常买点物品。我第一次买的物品，是乒乓球，比我在金冠体育用品专卖店买的还便宜点，质量一样。网上有假货，但不全是。

我有几个女微友，二十几年前，我与她们的先生是同事，她们与我妻子是我好友。我小孩与她们的小孩年龄差不多，也是好朋友。我们在一个院子里共同生活几年。后来，我调入长沙，就很少见面了。头一两年，还有走动，渐渐就没来往了。我们都保留了各自的电话，我有微信后，立即加了她们。微信拉近了我们的距离，我们好像从前一样生活在一起。她们几个对微信的热爱程度胜过我。要睡觉了，发微信；起床了，发微信；吃什么菜，发微信；唱歌跳舞，旅游观光发视频，等等，什么都发，有时一发十几条。我看了，祝福她们。有时那些视频里出现我未曾见面的同事，我还要问问情况。

我的视力变差了，一个熟人走到眼前，才知道是熟人，这都是手机害的。朋友圈中，你发一条，他发一条，加起来就很多，都看要花很多时间。现在，除非是有事，才打开微信与某人联系，一般我只在中午和晚上浏览一下朋友圈，有选择性地看一下。

近段时间来，朋友圈发微信的人少了，发的内容单调了，那些有深度、褒贬现实的文字几乎绝迹，偶尔闪一下，也很快被删了。软文章多起来。有类文章不软不硬，就是鸡汤。很多人在煨鸡汤。一部人熬的是真鸡汤，也有些人把别人的鸡汤倒半碗来，再加半碗水，冒充鸡汤，把清汤寡水当鸡汤给人喝，变成迷魂汤。这些鸡汤，喝多了就反胃，我一般不看鸡汤类文字。有的文章，作者从所见所闻的一件事谈起，然后借题发挥，讲出一大堆为人处世之道。由于联系了实际，这些人生观很接地气。问题是：每个人生活经历不同，对生活的感悟不同，很难说你的生活方式就对，别人的就错。你以为是苦难，别人以为是快乐。你以为是快乐，别人以为是遭罪。

如何养生的文章多起来了。注重养生的微友常转发"专家"的文章，告诉人该吃什么不该吃什么。有的，告诉你如何喝水，什么是最佳喝水时间。有的，告诉你如何睡觉，什么时候睡觉最好。一文讲吃甲好，吃乙好，好处罗列一串。另一文又讲吃甲不好，吃乙不好，不好之处也罗列一串。都是养生专家讲的，你听哪个的？能吃的东西越来越少，你搞不清哪些东西真的可以吃，哪些真的吃不得。这吃不得，那吃不得，该吃什么呢，喝西北风去？空气也污染了，也闻不得呀。养生的文章看多了，真让人没法正常生活了。

出书有感

我原来是想在退休时出一本书，现在提前了，第一本文集《雪之殇》出版了。近二十万字，优点就是内容真实，语言朴实，真情实感。我从2014年开始涂鸦，断断续续在写。这本书，是从这些文字中选出一部分编辑而成的。出书是给自己做个小结，人间走一趟也算留下一点东西。我的书是我孕育的孩子。我的孩子，我喜欢，当然，希望别人也喜欢。书中有我的困惑也有我的希望，藏着我的魂灵。我把生活记录下来，把真实的我表达出来，翻开我的书，我便像天地一样赤裸。如果出书能带来些名利，那不是我写作的目的。我大学毕业之后就教书，教书也读书。如今，不读书，心里便失落发慌。到学校图书室借书，也去书市买书。读了很多书，才出一本书，自然是倍加珍惜的。

我想出书时妻子是反对的。她讲，名家的著作，人家都懒得看，你莫出洋相。知我主意已定，她就听之任之。书到家后，她像看到远足的孩子回家一样，兴致勃勃地抱着看。我的书有一个如此热心的读者，知足矣。

现在有些后悔了，当初，听妻子的话就好了。书，出版社留一部分，其余自己销。书到家时，我急不可待地拆开看，这种情绪没有持续多久。这些书，怎么处理？赠人，别人不一定要。要别人买，你到书店去看看，除了学生买教辅书，还有几个人买书看？手机就是一个图书馆，什么内容的书都有。"读书要早，出书要迟"，确实是警世谶语。我没有权势没有名气，人家不会看什么面子来捧场的。我的学生给了些面子，买了一些，他们拿着书，还要我签名，让我的虚荣心得到了满足。可他们是少数，"沉默的是大多数"。我不是想把书卖出去赚钱，就算把书全都卖完，也赚不了几个钱，主要是堆放家里占空间。

　　当初整理文稿，我是满怀喜悦和希望的。我趴在电脑前，看得眼睛发花，脑壳发胀，手脚发麻，也坚持下来，持续有几个月。虽有厌倦或疲惫，最后都被一种兴致勃勃的情绪取代。等待出书也是兴奋的，像孕妇待产差不多。我抑制不住兴奋，告诉我的亲朋好友，亲友当然高兴，虽然看出有些勉强，我还是从亲友那里得到了鼓舞。

　　若以为出了书，就像镀了金有身价，那就大错特错。你还是你，别人还是别人，世间不会因此改变什么。我想：作文如黑夜中独行，也许前方有黎明，也许是更黑的天地。工作之余，我一如既往地读书思考，想对生活理解透彻些，看问题深入些。当自己把脉到某种思想，才会有感悟。我写点真正属于自己的东西。零零碎碎的时间，断断续续地写作，这是一个登山的过程，能爬多高，就爬多高。我心安稳，我走自己的路。

玲子

有天早读，我问玲子："都说你中彩是怎么回事？"她哑然一笑："每次来检查，我都被抽中。"我知道了是"被听课"。我说："中彩是小概率事件。你运气好，去买彩票吧。"她笑，又说我的名字好，是山岳，压倒一片，别人不敢听。这听课，有关学校声誉，听谁的课，领导心里有谱。玲子的课，学生喜欢上。

晚自习时，我问班上几个不同类型的学生，要他们讲对语文课的印象。学生问，讲哪方面？就讲对老师的感觉。学生来精神了！作文，经她点评分析，慢慢会写了。一些知识点，枯燥难记，她解释得有趣，好记了。她讲话兑现，背的默的，要过关，一次不行，再次。晨读时，她总拿一叠卡片进教室，就是准备默写用的。学生见她来了，马上拿书读，先背一遍。她走近几个不自觉的，笑着训斥，他们也只好读书。班长说："我喜欢她讲课的声音。"我好奇，问他，她的声音，为何好听？他咯咯地笑。

第二天上午第一节是语文课。我想听听玲子的好声音。我装作处理学生问题，当时确实有几人未到，我坐在空位上恭听。玲子的声音，轻柔舒曼！像溪水轻盈地倾诉！她思维的天空，辽远而纯净，一群一群的鸟儿抖动着翅膀，欢叫着！好声音，就飞出来了！学生们沉浸在她的声波里，像翠绿的，水灵灵的秧苗沐浴在春色中。

玲子对学生爱中有严，从不放任学生的违规。有段时间，早读或上课，有少数学生随便出入，她正言警告，上课不准随便出入，除非生病。睡觉的，回去睡，这不是卧室。她动真格的时，"零容忍"，调皮的学生，镇住了。他们十分开心地享受着她的好声音。

玲子是资深美女。她的身材依然玲珑别致，高挑而不单薄，血肉与情怀一样丰满。她步履轻盈而坚定，目不斜视，当你注意到她眼睛眨巴眨巴如泉水闪动，又倍感亲切。她的眼神变幻着色调，平静中带点惊讶。

玲子不是特立独行的那种人，但她不是没有个性。岁月冶炼了她，她内心变得广漠而厚重。她崇尚"中庸之道"，高兴时，不大喜。烦闷时，也不轻易表露，她的情绪不大起大落，虚与实，名与利，进与退，她拿捏得恰到好处。她似乎有些"傲"和"冷"。不是恃才傲物的傲，也不是不屑他人，唯我独尊的冷。她的傲是梅之傲，冷是雪花的冷，是一种品质，是一种内在的修养的外显。雪冷是表象，雪其实有春天的激情。梅也许长在岩缝中，也许生在墙角里，独自开也独自愁，曲直也罢，欹正也罢，疏密也罢，犹有花枝俏！

彭双燕老师

　　彭双燕老师，不缺一般美女具有的温柔贤淑，还拥有其他特质。她留短发，额宽，脸略窄，眼略扁，柳叶眉，樱桃小嘴，齿白唇红，整个面庞，各得其所，十分和谐。湖水般深邃澄澈的眸子，嘴角微微上翘那种羞涩着嗫嚅着的样子，再加上她那童稚未脱的语气，使她有成熟女性的娇美，又现一股清纯。

　　她的肤色为何这样嫩白呢？也四五十岁的人了。儿童最接近神的光辉，一身纯真，不染世俗，是人类的理想状态。她也许因一直保持儿童那种无邪心态而恒有儿童的肤色。

　　她爱美食，认为吃是一种享受。节食少了快乐，多了难受。当然，不可任性。她有车，那是远足的工具。她家距学校走路半小时到，她坚持步行上下班。学校开运动会，她换上新运动鞋，穿上运动衫，在校园疾走慢跑，跃跃欲试。参加集体项目跳绳时，她被人撞伤，她忍着痛，继续参加。滚轮胎、跑百米、定点投篮球、垫排球，她是全能选手，样样积极参加。有规律的、健康的生活方式，使她充满活力灵气，行如凌波微步，有一种飘逸的气质。彭双燕确如燕子剪尾于空中盘旋一样，让人为之一颤。

她养花。阳台上、客厅、卧室，一年四季，都有花开。

她养了两只鹦鹉，好可爱的精灵！一只，嘴巴尖又长，尾白也长，像燕的剪尾。另一只，形状普通，像一只大麻雀，嘴部、肚下是金黄色，羽翅上紫灰色，夹有许多大小不一的彩色斑点，两只鹦鹉在笼子里上蹿下跳，叽叽呱呱。天热时，她常给鸟洗澡，教鸟讲人话。

她走进自然的山山水水，寻找生命的永恒的慰藉。她感到越亲近自然，如同读书越多，越能修身养性。周末，她和先生常自驾游。寒暑长假，更是用脚步丈量土地，用心感受风景。长沙周边景点早已看遍。国内名山大川也悉数到了。今年暑假完成泰国之旅。

她与人为善，乐于助人。初见她，你可能不太留意。她不自卑，也不张扬。她自信，坚守本色，像"湖风湖水凉不管"的莲花，亭亭玉立，何必在意风雨。她好像没有脾气，其实，这恰是她的个性，是她的修养。她不与人争，不与人吵，不屑名利。于某种人事势力面前，她选择退一步，海阔天空。岁月流逝，她像酒愈久愈沉香。她说："我的老师教给我八个字一直放心里，与人为善，成人之美。作为做人的原则。"

她曾连续五年教高三，近两年才到教科室上班。她定位自己是干事，是为老师们服务的，这样想，也如是做。她还教高一全年级各班研究性的学习课程。教科室杂七杂八的事又多，很忙，经常加班，她并无怨言。

那种独来独往的矜持，我行我素的固执，自以为是的孤傲，在她身上不见影子。她总是一副热情的笑脸，像冬日的暖阳感动人。同事，请她帮什么忙，只要能做到的，她不推诿，如观音菩萨慈悲为怀，有求必应。她那学生式的短发，那种不媚不俗的天然之态，有些像观音。只是她没坐在莲花椅上伸出莲花指拈花一笑。

去年计算机升级考试。我没有充分准备，以为临场发挥，可以过关。

结果，悲催。她劝我不急，报名再考。她帮我下载学习软件，告诉我学习流程，注意事项。考前，多次问我做了几套模拟卷，得分多少。当得知我补考过关，她第一时间告诉我，比我还激动。

这几天，全省教师统一网上注册，有个截止时间。白天网络忙，注册不成功，要等到晚上十二点以后，凌晨两点左右才方便登录注册。注册时，总出现提交不成功的情况。她在学校QQ群上，发通知，详细告知注册流程。很多老师注册过程遇到疑惑，及时截图发给她，她及时解答指点迷津。其实，她是学文的，计算机网络等能力是自学提高的，现称得上电脑专家了。

她说自己是"百合"。百合花，多年生草本植物，夏季开花，红黄、淡红、灰白，色彩艳丽，可入药治病。百合花应该表示热情、善良、大度，她身上体现了这诸多品质。

她微信上一个相片，背景是一湖。视野开阔，水银白色，像夏天太阳的颜色。湖面荷叶田田，荷花一枝枝伸出水面。微风轻拂，好像有股清香弥漫空气里。远处楼房错落有致，水中倒影幽幽。天空炽亮，水天一色。相片突出头部，肩膀颈脖以下没照进来。她穿蓝色T恤，头戴自制的花环。一朵大红花，开在额头正中，周边开着黄色的或红色的花。最美的还是花环之下的脸，有红装新娘低头那一抹妩媚。她眼中似有一汪绿水，满目苍翠，脸色与敞开的颈脖同色，与湖水阳光同色。

伟哥

伟哥叫袁伟。几年前，袁伟乒乓球技术比我好。他发下旋球，我进攻，球有时触网。他发上旋球，我进攻，球有时出界。他的球发得转，让人难受，有时搞假动作，让你判断不准。他直板能横打，常出其不意反打一板，令人防不胜防。与他打球，刺激过瘾，打几局，汗直冒。打的次数多了，我的技术在提高，对付他办法也多起来，也想赢他，找到点成就感。

现在他不玩球了。

上个星期五晚上，两位学生家长请客吃饭，拿了一瓦坛酒。好酒咧，只怕有六七斤。家长一一敬老师，老师个个回敬家长，气氛蛮好。伟哥借花献佛，端杯酒敬同事。他敬美女老师喝一大口，敬我只舐一点，太重色轻友了。当时，我看在眼里，那个气，与何人说？我敬他时，我一口倒半杯，喝闷酒！

伟哥比我小，称弟才对。"伟"倒适合他。门板一样的身段，手脚粗壮，肌肉鼓鼓。可有点遗憾，我是三等残疾，他比我还矮，封他"四等残疾"何如？伟哥头发黑且粗，像针尖一样挺举向上，头发盛则肾强，伟哥不萎。正正方方的脸，有形。浓眉大眼凸鼻，一张吃四方的宽嘴，有范。我想，伟哥的手、脚、腰、股是照一米八的高度设计的，却组装在"四等残疾"的骨架上，是说相声的材料。

伟哥结婚后，就不和我玩这白色蛋蛋了，人就越来越肥。那肚子，像是三四个月的身孕。伟哥是化学脑壳，教化学，"伟哥"本是化学药品，真担心他手下那帮调皮男生，沾了伟哥的亢奋。最好不叫他伟哥，叫袁伟，他本名就是袁伟，那又犯忌！农村称猪尾巴附近的肉身叫"圆尾"。圆尾肉，硬邦邦，像木一样难切碎，卤了下酒，有嚼头。行不改姓，坐不改名，袁伟不叫"圆尾"叫啥呢？他的本家袁世凯称帝时，曾一度禁称元宵，因与"袁消"二字音同，下旨改称汤圆，建议伟哥也可仿此诏告天下，不得再称猪屁股为圆尾，违者斩！

这四班，科任老师都有份，他视为他的私家花园。老师下课，前脚出教室，他后脚跟上来。找张三，叫李四，策王五，骂刘六。就算不开口训话，他拿一个黑皮记事本，反剪双手于后，獐头鼠目状，垂首蛇行状，在课桌间隙走来走去。他是想散步减肥？他那身膘，绷紧如硬铁，走到高三散伙，只怕落不下二两肉。我来上课，他还不走。更有甚者，铃声响了三秒钟，我清清嗓子，准备发声。他说："且慢，我占两分钟。"他打开那黑皮本，一个劲地念，某年某月某日星期几某时某节某刻，张三上课睡觉，李四上课吃槟榔，王五执后面女生之手，刘六刘七上课讲话，作业如何不交，三令五申不改，若我行我素，推出去，格杀勿论！口气不小。

有天大课间，我一个问题留有"圆尾"，正拖堂讲课。他又从后门，一摇一晃踅进来，走到黑板前写几个人名字，把"余毅夫"姓成"于毅夫"，学生争先恐后喊伟哥写错了。我骂学生，反正是这同学，叫什么叫？伟哥，立马反转身，手如枪移动扫射，指向全班，说："你们见不得风吹草动，没有风吹，还想制造草动，说明你们心思不在学习上！"学生打住。

根据我的观察，伟哥个头不尽如人意，但魄力足，教室门口一显身，那些帅哥美女便脖子一缩，噤声。

伟哥，抽烟的样子滑稽。真的烟民抽烟时，是深呼吸的，烟头红半寸，外面不现烟。若吐出来，也如生物学上人体 DNA 标本一样，是一圈一圈螺旋式上升的。他吸烟，叫吹烟合适。好端端的，白嫩嫩的，香喷喷的芙蓉王，被他先吮后吹，全变成雾散了。可惜！他敲烟灰，捏着烟，往身边一摔，灰是掉了。烟头温度高达一千多度，万一摔到美女的嫩肉上呢？别人弹灰，用大拇指和中指夹住，再把食指翘起，从上到下，轻轻弹两下，像一指功弹钢琴，动作优美。

星期三晚上我在四班值班，他不放心，选同天值总班。自习铃还没响，他就到了教室。中途不定时来 N 次。我坐讲台前，几个男生总要讨论，教室有嗡嗡嗰嗰的声音，伟哥一来，鸦雀无声。我省点心，也好。教室里灯光如昼，外面看不清。我眼睛有点胀时，抬头看窗，突然发现一个灰白色的人头贴在玻璃上，我心一怦，何方神圣，不声不响，不清不白，不动不挪！至少过了三四秒，才反应过来是伟哥！当时，心还在像见了心仪的美女狂跳不止！晚上睡觉，心有余悸。我妻子第二天早晨讲我晚上做梦，叽里呱啦讲不清，她只听出什么"伟哥"，她疑心我背地里吃"伟哥"。

罗美玲老师

我在2010届高三当班主任时，罗老师在我班上教生物，没有太多的印象，只是觉得她稳重平和，与人为善。

这届高三，她是班主任，我在她班上教数学。她布置工作，轻柔细语讲一遍便无声。她自知，没有年轻美女妖艳的唇彩和魅惑的眼神，还苦口婆心，道个未休，会被那群"牛牯子"的男孩嫌死。所以，办公室或教室常看见她"婆婆妈妈"的身影，很少听到她唠唠叨叨的声音。她对学生身教重于言传，没有花里胡哨，实实在在，班上学生受其影响，单单纯纯，对老师十分友善。

她性格是直来直去，"君子坦荡荡"。她内敛而不卑，淡泊而不屈，随性而不俗，自尊而不傲，自强而不媚。她凭借修炼来的这诸多品质即内在的气质和智慧，焕发出成熟的人格魅力。

作为班主任，她关爱弟子，更重视科任教师。工作做得细。今天下午，最后一节课，我在上课，她到了教室外，笔直朝前走，我以为她到西头洗手间去，只见她突然一折身，前额使劲抵着玻璃，脸贴近窗户往里看，左看右看，不知她想看些什么。担心玻璃会顶裂。下课后，我一出教室，看见她站在楼梯间平台处，叫我，问班上情况，有什么建议。这时得以近距离看她。她面部方圆饱满，颜色有点蜡黄，发短而齐整，往后脑勺缩个短帚，没有什么花花哨哨，图方便省事吧。她笑，也没多言。她的笑很浅，眼睛眨巴一下，到脸上便没了，嘴仍抿着，但真诚，流露着希望的表情。心宽方体胖，她心正心纯，所以厚重。当时，她穿花白浅底的连衣裙，圆领短袖，略显陈色，裙紧紧护着她，有点像鼓起的帆，从上到下直桶桶的。

　　我到她班上上第一节课时，她先给我一本已订好的成绩花名册。课前，她当主持人，夸我一番，又给我介绍了班长、课代表，讲他们负责，可做我的得力助手，班上学生纯朴，有一批同学数学好，不好的勤学好问。学生这么好学，班上数学成绩没理由不好！我一下子来了精神。上课时，她一直在走廊来回观望，若有所思。

　　她工作不马虎，从早到晚跟班，好像没有家务事一样。后来，才明白。

　　有天和她的先生黄总一起吃饭。以前好像听说过她先生是大老板，家里不差钱。但从没有见过黄总。外表看，一个强壮的，挺拔英俊的男子汉！平头，发长不到一寸，密浓粗黑。方方正正的脸，精精致致的穿着，自然有品，无半点时下土豪的做作。这是与她气质截然不同的男人。他讲话节奏快，但气充力足，掷地有声。开始话不多，也绝不少，"逼"人喝酒很有套路，反正让你不得不老老实实喝。他是海量！估计斤把酒如喝茶。后来，他成为桌上的主讲了。罗老师作为班主任要讲的话，要表达的意思，他阐述得全面深刻，他不是有意，是即兴演讲。作为生意人，他没有高谈阔论讲生意经，财大气粗谈股经，而是讲做人读书相关事。出口成章，自成一体，入情入理。他说，他本来学文科，后来才改理科，做生意，仍坚持读书。

令我肃然起敬的，不是他的帅气、酒量、口才，拥有这些特质的男人多的是，而是他作为一个男人的责任心。不讲大的"精忠报国"，改变世界，办公司赚大钱，只讲一个男人最根本的道义，那就是孝父母、爱老婆，育子女。他做到了。他说："罗老师起早贪黑工作。回到家，又总是接到家长电话，一讲一二十分钟不多。如何有时间做饭？也很累！你就一心一意工作，我抽时空来做家务，管儿子。我做生意，外面吃饭不到？假如我每天晚上十二点回来，也正常呀，毕竟有事，有应酬。但我不那样！我每天下午四点前到家，把饭菜做好，等她们母子回来吃饭。有时，等到七八点还没回来，又担心菜凉了，你猜我什么心情？但我理解她，她回来很晚了，仍接家长电话讲不停，我也不责难。她是为工作，我是为老婆。朋友总笑话我，找个婆婆有何用？天天要你做饭，想和你吃个饭，玩玩，比登天难。后来，他们知道我的态度，也理解。我一个男人，在外面打拼，家才是我最应打拼的地方。她工作累了，你就少做家务，不能累坏身子。"

我问："你吃得消吗？"他说："我统筹安排，劳逸结合，你看我身体硬板一样。"事实明摆着，这是一个优秀男人！罗美女这样潜心工作，原来是有个好老公！

桥牌大师

　　曹斌老师是二十一中的桥牌教练，是二十一中的一张名片。他带领桥牌队取得了非常好的成绩。其实，打桥牌只是他的一个爱好，教桥牌只是他的一门副业，他的本业是生物老师。他1983年考入华中师大。那年代，高考录取率不到百分之五，正式考试之前，还有一次筛考，留在筛子面上的不到一半。考上一个中专都难，何况是大学，更何况是华中师大这类重本。他从小爱玩，读中小学时玩，读大学时更玩。从某种意义上讲，他现在所做的一切都是玩，玩得风生水起。

　　大一开始，他就玩桥牌。桥牌是一种输赢与牌的好坏无关，靠团队的智慧去获得胜利的一种扑克牌游戏。综合了各种牌技的特点，叫牌跟三打哈类似，打牌跟摆拖拉机相同，输赢的方式跟骨牌一样（得墩）。庄家的搭档（明手）会把牌摊在桌子上，其他人都可以看到，而且他出什么牌由庄家决定。为什么他选择玩桥牌？这多半是自然中的必然，他的智慧需要一种超智慧的玩法。于是，他找到了桥牌。

　　1987年7月，他以生物专业学士身份毕业，开始教生物，中途改行教过数学，不比班科出身的数学老师差，他的教学往往别出心裁，引人入胜，深受学生爱戴。后来，他回归本行教生物，长期教高三，多年担任学校生物教研组组长。他教生物，更有自己的特色，他不用加课和重复做题的方法来取胜，而是通过提高学生的学习兴趣，自主学习的能力来提高成绩。学生上他的课，轻松愉快，作业又少，成绩又特别的棒。早在1994年，他就被评为湖南省优秀教师。他是湖南师大教育学院心灵成长导师团队的导师；是华中师范大学免费师范生面试专家，是专家中唯一的普通中学教师。这些名誉或称号，都牛气冲天。他不玩桥牌，已是名副其实的名师。

他来二十一中，是作为生物骨干教师引进的。当时二十一中的人不知道他是桥牌高手。二十一中十分重视第二课堂的开展。每届学生会，都建立许多兴趣小组，比如街舞、武术、手工制作、摄影、动漫、美术等，利用活动课以及周末假日开展活动。学校号召有特长的老师主动申报特色课堂，做社团的指导老师。于是，曹老师申报桥牌。开始，响应的人不多。学生不知道有这种活动，更不知曹斌老师的底细。学校在图书馆三楼专门安排了一间大教室作为桥牌室。把课桌椅拼拢当牌桌，可以同开七八桌。曹老师，指导学生玩，也和学生玩。图书馆拆掉后，学校立马在新建教学楼的五楼布置一间桥牌室，里面的配置是高规格的。有现代化的多媒体设备，有气派的方桌靠椅。学生打牌时，曹老师不时巡视。发现某某摸到一手好牌，他不露声色地看。当学生出错，他立马帮他分析。当学生出了高招，他立马肯定。高屋建瓴的分析，开启着学生智慧的大门。他的教法就是让学生"在游泳中学游泳"。两年后，他组织学生参加全国桥牌赛获奖。短短几年工夫，二十一中成为全国有名的桥牌特色学校。

近几年，二十一中桥牌队取得的成绩：2015年，代表湖南省参加第三届全国智力运动会U25男子组桥牌比赛。2014—2016年在全国中学桥牌赛中连续三次荣获团体赛第四名。李浩和黄宇杰获 2016 年全国桥牌通信系列赛全国总冠军。2017 年代表湖南省参加中华人民共和国第十三届运动会群众比赛桥牌项目决赛，获得青年（U25）双人赛铜牌和第五名，青年团体赛第六名，为湖南获得了智力项目的唯一奖牌。2017 年海南国际桥牌节全国通讯系列赛总决赛，贺焱三获得铜牌，李浩第六名。今年二月在烟台获得了 2018 年全国青年桥牌团体赛瑞士赛冠军。2018 年 4 月 29 日，由湖南省桥牌协会、湖南省学生体育协会联合主办的 2018 年湖南省大中小学生桥牌赛在二十一中举行，二十一中获 4 项第一。二十一中现有两位桥牌终身大师：李浩和黄宇杰。他们是一对搭档，拿过两次全国冠军。

从表面上看，他总是一副轻轻松松的神态，他和其他老师一样有相应的课时量，又和其他老师不一样，他要带训，但他从不叫忙，也不喊累，他真的不觉累，喊什么累呢？他是在玩桥牌。他烟瘾大，纸烟一根连一根，不熄火。他一手拿纸烟，一手拿纸牌的样子很有范。他吸烟时，有时把烟哈出来，那些烟就在他头上打转转，好久才散。有时，又看不见烟，他把烟吸进肚子里去了。他确实爱上这口烟，烟给他带来快乐，正如桥牌给他带来快乐一样。他若不抽烟，和李白不喝酒一样，生活便是失衡的。

二十一中桥牌成为特色项目后，每年特长生提前招生时，都招收了一批桥牌爱好者，补充到学校桥牌队。中途，也补充一些。队员新旧交替牌技参差不齐。看见学生茁壮成长，他高兴。当学生，抱怨自己的牌技提升慢，比赛没有取得好名次时，曹老师总是笑笑，他说："打牌是一种娱乐，用心去做，过程就是一种快乐，快乐没有输赢之分，快乐就是坐下来，从从容容谋划每张牌，其他的不必在意，当你在意输赢，就会失掉快乐。当你不在意输赢时，就是一种极好的状态，像诸葛亮演空城计，一个人坐在那空城门头羽扇纶巾，看云卷云舒，自然稳操胜券。"

曹老师自己很少参加比赛，没有固定搭档，偶尔参加一些小比赛，也是临时去赛场找搭档。2011年，他第一次带学生去北京育才学校参加全国中学生赛，当时有一个教练领队组的双人赛，参加比赛的高手不少，他和株洲的罗老师搭档，最后拿了冠军。还有一次，他参加社会团体的桥牌赛，赛两轮。第一轮，已赛了两天，他场场胜，积分最高，他感到疲惫，立马退出比赛，他不透支身体。结果，几个比他成绩差的人进入第二轮，拿奖金。其实，他只要坚持，便可进入第二轮，进入第二轮，不论得几名，都可以拿到奖金。比赛一结束，就发奖金，一匝一匝。他不富，但他不在乎钱。目前，凭他的名气，假如他接受各种桥牌社团邀请去讲座，对方会付丰厚的报酬。假如他自己办培训班，也会像当下私立学校一样赚得盆满钵满。那样，太累，没有空闲，也不好玩。他当老师三十多年了，过惯了清贫的生活，国家每月给他几千块工资够用。名和利都是人的欲望，你很看重，就累；不看重，就洒脱。

现在，他的职称有两个：一个是教育部门评的高级教师，另一个是体育部门评的桥牌高级讲师。后面这个高级，全国也就50个，湖南只有3个，人皆称他为曹大师。他见人笑嘻嘻，本色为人，有人以为他是故意低调。这是一种误解。他自信自在地生活，从未低调，也从未高调，心中什么谱，生活就什么调。有人问他为何对桥牌情有独钟？他是这样回答的："感恩吧，因为桥牌的理念给我带来了一辈子的轻松愉快，也带来了很多意外的收获。桥牌如人生，桥牌追求的是每一种局面下的最大价值，人生何尝不是如此。"

这几天，课余时间部分老师在练习跳绳，跑步，准备参加比赛。曹大师是跳绳队一员。但他没跳，他和欧老师负责摇绳，让别人跳。

昨天，我值晚班。吃完晚饭，在田径场散步，看到跳绳队在跳绳。樟树下曹大师和欧老师在摇绳，一帮人在跳。曹大师从从容容地摇着绳，很淡定，似乎心不在焉，其实是十分的投入。美女和帅哥排着队跳。从这头起跳到那头，又从那头跳到这头。美女们跳得轻盈，只轻轻一跃，就过去了。帅哥们跳得猛烈些，像跳高那样腾起，又像跳远那样逾越，在腾空的瞬间，手脚还像鸟翅一样散开，结果常被绳勾着脚或勒着头。同一种运动，可以欣赏到两种美的形态，都是短裤汗衫。汗衫上部是黄色，慢慢变红，接着是一圈圈的或蓝或青或紫的条纹，最下那一截是天空的白色。后来，帅哥们调整了姿态，威猛中加入了轻柔，那根被曹大师和欧老师舞起来的长绳很难碰到人了。后来，我看他们跳时，只感到是些色彩在挥舞旋转，好像附近的时空都在晃动。曹大师，还是那样从容摇着绳。不知，他眼睛花不花？这些五颜六色的，鲜活的生命，是不是让他想到了桥牌的变化多姿？

教师节记事

教师节那天，触动我心的事多。有一件事或说一个人，特别让我感动。过去几天了，感动犹在，让我体会到教师这份工作是神圣的，来不得半点敷衍。

那几天，气温高，秋老虎回来了，中午那段时间，阳光晒得人头皮发麻，眼睛发黑。十二点多，我打开空调，准备午休。手机响了，陌生电话，我不接。不久，又响，还是那个号码。我手机换来换去，许多号码丢了，估什是个熟人，我还是谨慎为好，不接，骚扰电话太多了，难得费口舌。我躺下，读一本闲书，非常惬意。这时，手机又响，我只好接。一个女家长打来的，祝我节日快乐，我说谢谢你，她问看到我短信吗，我说没有。她说，我备了一份薄礼，想送给你，我在学校门口，你出来一下好吗。我家离校步行15分钟，外面太阳大，我下班回时，一身汗，我不想出去。另外，领导会上反复强调，节日，不能收礼，这是廉政，我不能不讲政治。我说你心意我领了，你不要等，回家吧。外面太热，我如果赶去，来回半小时，晒得黑汗直淌，也午休不成了，下午要上两节课。我基本生活条件有，要人礼物干什么。她没有挂电话，讲她十点多就来了，向我发了信息，我没回，估计我在上课，她没打电话，怕影响我工作，就一直等。我说，我回家了，你真的不必等了，外面热。她说，你家在哪，发个地址，我送来。我怎么会要她送来呢，虽然她是诚心实意的。我说，离校远，你不方便，你回家吧，真的，不要等了。她说，你下午有课吗，我说下午一二节课。她说，那好，我在这里等，你来上班到了校门口打我电话。我真的无话可说了。她挂电话了。

我点开信息，果然有一条信息：湛老师，我是某某的家长，祝节日快乐，你十一点左右到校门口来一下。当时，我确实没看到信息，我是十一点多出校门回家的。我料她还在等，向她发一信息，要她回家，心意领了。再把手机调成静音，一点多了，我想睡一会。中午，习惯要闭闭眼，养养神。迷迷糊糊看见她在校门口绿化带边，走来走去，阳光垂直照下来，脸上汗水闪亮。她肯定要等下去，忘记了饥饿，忽视了炎热，但没忘记时间，她多半不停地看时间到了哪里。是一种什么精神驱动她如此执着？她这样待老师，是缘于对她儿子的无可言说的爱吗？爱是相通的，可以传递的。她当然希望我是爱的接收者也是撒播者。两点她就打电话来了。我已起床，两点四十上第一节课，我知道她在等，我想早点去。我急急忙忙赶到校门口，看见一个中年女子提一盒东西，望着我来的方向，肯定是她！我朝她走近，她向我走来，微笑着。我好像是赴约会，紧张起来，但有一种力量鼓动着我前行。当时，校门口，来来往往好多人，我没有太在意，虽然是去"受贿"，我倒觉得神圣。她没有很快递给我东西，引我来到花坛边树下，讲了小孩的一些情况，我洗耳恭听，一个在烈日下为见老师等一两个小时的家长，是神圣的，她的每一句话都珍贵，值得领悟。我没有讲什么，有许多学生来校，不时朝这边看，有学生叫我。我看了一下手机，上课时间快到了，我要走了。她把盒子递给我，众目睽睽之下，我"受贿"了。假如这时，有人拍照，发到网上，我就红了。我提着它，昂首阔步走向校园。我提的不是礼物，这是一种爱，一种精神，一种重托，一种希望！

把教育当信仰

我教书三十多年了。年龄越大，我越注重教给学生一些影响一生的东西。这些东西其实是些简单朴素的道理或思想。如果你教给学生知识纯是应考，你就忽视了这些。比如，幼儿教育有"自己的事情自己做""饭前便后要洗手"，如果幼儿园老师不反复讲这个，而是去教幼儿背唐诗，做算术题，那就是浮躁、功利。唐诗以后可以背，算术题到时也会学，但这些习惯不养成，到了大学还要来补上这缺失的教育。据说，前几年某大学校园里就贴上了这样的横幅。

现在的学生，他们从幼儿园起就上课外辅导班，一路补上来，基本上没有学习自主性、兴趣爱好、家国情怀、国际视野等，到了高中，要重新唤醒这些被压制被磨灭的品质很难。而这些品质，比如兴趣爱好、精神信仰，是一个人求知的原动力，是一个终生热爱读书的发动机。不是在兴趣激励，精神引领下的读书是不能持久的。原来，文理选修，从2018年下半年进高一的这届学生起，不再分文理，学生选科的方式多了好多，兴趣爱好得到了一定程度的尊重。如何让学生的爱好持久，对学习本身有兴趣，仍是老师面临的老大难问题。我个人感觉教育越改革，理论越新鲜，信息化手段越先进，教育应试色彩越浓，越短视，越偏离教育的根本。一些人，把教育当手段，当功名，当道具。教育是慢的事业，十年树木，百年树人，教育想一夜成名就不是教育了。

为什么很多中学生进入大学后不爱读书，进入社会以自我为中心，做精致的利己主义者？为什么我国人均读书量在世界排名很低？这与中学教育的缺失或过于功利有关，我们没让他们受到终生爱学习，有崇高追求的教育。

假如你对学生施加的教育纯为应试，而应试是一时的，那学生学习的热情就是短暂。若你是从大的、长远的方面来实施教育，那学生离开你越久越能感受到那种大教育对人生的影响。哪些教育是终身受益的，是大的？比如对运动的爱好，对生命的热爱；对兴趣的保持，对个性的尊重；对名誉的淡定，对理想的追求；等等。这些教育，一旦植入血骨和灵魂，学生就有了不断探索，不懈追求，不断求知的热情和动力。

教育功利化，我无力阻挡这种潮流，但总可以找到一些机会，给学生一些终生有影响的教育。或者说，尽量多给学生一些自我成长完善的机会，保护好他们的自信心，培养他们的自主性，尊重他们的个性。对于老师而言，这种机会俯拾即是，就看你有没有爱孩子的心，是不是把教育当信仰。信仰是一生一世的，甚至是一代一代的，是永恒的，所以，把教育当信仰的老师，就会按真正的教育理念行事，不会被纷纷攘攘的乱象所迷惑，而是"任尔东南西北风，咬定青山不放松"。

老师不能只知上课应试，而要教学生做人，做有个性有情怀有梦想的人；学生不能只读死书，而要学会做人，做有健全人格有精神信仰的人。当学生感到自己真正长大成人，是会感激在他懵懂蒙昧时候给他指点迷津的老师。我希望自己被学生记起时，不仅仅是只记起一个称呼，而是记住某一个神态，某一个言行对他们的影响。

一个老师当得好不好，不是看他在位之时，而是看学生毕业之后想不想你，想起你时是否对你充满感激和崇拜。现在，每所学校经常对学生进行问卷调查，无论问题如何设计，限于学生的认识能力，他们不可能去思考老师当前的教育教学，哪些是功利的，哪些是终生有用的。若干年后，老师教给学生的许多知识，学生会忘记殆尽，而那些行为习惯方面的，思想价值观方面的，气质情怀方面的教育，让他们生活充实，内心丰盈，脱离低级趣味。

第二辑　码字感言

　　只有当你走了很多弯路，爬了很多山坡，见识了太多的人事，看穿了人间喜剧或悲剧的幕后真相，你方才领悟真正的人生是什么，才有许多来自灵魂深处的感触。生命有无数种形式，在这个世界上过自己喜欢过的日子，就是最好的活法。每个人心灵深处，都有独特的痛苦，也都有一扇幸福的窗户。

假日

大凡工薪族都喜欢放假。放假，不上班，可以自由打发日子，做自己喜欢做的事。

上班，人和机器差不多，有软件控制着你这硬件。大气候小环境有固定的程序，你务必按章操作。脑壳长在自己脖子上，但受别人鼠标的控制。很多事必做，虽然不想做；很多话必讲，虽然不愿意讲，身心疲惫，也只能眉开眼笑。放假，就收回脑壳主权，把那些人事抛开，去看些可爱的人或物，做些开心的事。

假日，忙忙碌碌，假日的意义就打了折扣。假日，让生活慢下来，就是最好的休闲。既然不上班，早晨想睡，就再睡一会儿。睡，让身心彻底放松，可以想许多美好的人事。上午先做做家务，把阳台上堆积的废品清走，把书桌茶几窗台抹干净，把地板拖干净，特别把自己的书柜整理整理，平日翻阅搞乱了，没来得及收拾好。看到家里窗明几净，心也清空了，明亮了。再慢慢悠悠去菜市买菜，看着各种鲜活的青菜家禽，看着千姿百态的各式面孔，觉得这才是真实的生活，实实在在的生活，生活其实很简单，平日何必那样作践自己人不人，狗不狗的。买菜回家后，拿出自己最好的手艺，做一顿家人喜欢吃的饭菜。有些菜，不会做，可以网上查看一下，边看边做，不急不躁，你专心用心，这些情意都会感应到饭菜中去，自然会好吃的。饭菜做好了，一家人团圆，想吃就吃，坐也好站也好，无所谓，谈笑自在，想说什么就说什么，不要顾左右而言他，没有人去打小报告。你喝酒，就喝几杯，你喝自己的酒关别人何事，关廉政何事，小酒怡情，喝多伤身，不要过量就好。喝着小酒，吃着美食，看着家人一张张笑脸，听着一句句暖心的话，这时，酒就把你的快乐发酵发散，你一身的舒坦，一心的幸福。吃饱喝足，睡一觉。下午，看看书，写写日记。眼花之时，到阳台，倒躺椅之上，看自家的花草，夏天要来了，它们还是春天的样子，只是不开花，叶子片片鲜活，像绿色的脸。不亦乐乎！

小长假也好，大长假也好，若外出旅游，我觉得是浪费黄金假日。开车，路上堵，堵得你想呕，前面还是乌龙阵。搭车呢，要提前打票，否则没票。抢到票，要提前三小时去乘车，怕路上堵车误了点。进站就是人盯人人挤人，感到自己不是人，任何人可以挤你撞你推你踩你，甚至骂你，你没有一点人的尊严，你不能吭声，怪谁呢，人口密度这么大。这时，你会突然想到放开生二胎是错误的。检查行李，安检，感到自己是囚犯，被持枪的人押着进牢房，走慢了，后面有人骂，走快了，前面有人骂，想弯腰拾掉下的车票，要请求左右同人发善心，方可弯腰。进门大厅都是人，上楼阶梯上坐满了人，只留下一条狭窄的通道。过道两边有站着的人，坐地上的人，挤进挤出的人。你到候车室去，要与许多人磕磕碰碰，挤挤挨挨，方才过去。好不容易，到了候车室门口，发现里面黑压压一片，像一窝蚂蚁一窝黄蜂在蠕动，吓死人，你下意识退出来，发车还一个多小时，屁股往哪里放呢？只能在过道在阶梯找缝隙站着。你又不能走得太远，怕到了检票时间，挤不到入口处。入口排队的地方，都被背着行李或肩着行李或坐着行李的人占满了。这时，你站在候车室门口过道，看下面大厅正在安检的人、正在看大屏幕车况信息的人，像一湾洪水在那里回旋涡转。

每一个景点，也是人满为患，你本想去看风景，结果看的都是人。

好风景不一定非去远方。你用心去感悟每一根草每一片树叶都是风景，都是诗。远方亦是远方人的近方，我的近方也是一些人的远方，风景自在人心，你也是自己的风景。你可以深夜骑着单车在大道上狂奔；你可以登上一座山峰，喊出憋了好久的声音；你也可以面对着湖水表现出在办公室不愿表现出来的脆弱或伤感；你可以隐没于青山绿水间垂钓，享受那份自得其乐的悠闲；你可以呼朋唤友到茶楼，泡一壶红茶，燃数支袅袅香烟，跷起二郎腿，不谈政治，谈些雅事俗事当下事，快乐尽在笑谈中。

不要埋怨假期太短，我们真正能做的，只有高质量地把握住属于自己在假日中的那份放松。其实，假日旅行，是一种好的休闲方式。虽然远处的风景别人习以为常了，于你是新风景。你徜徉其中，视野开阔了，视觉丰富了，一定会收获许多快乐。我说假日不旅行，是基于这样一个现实：车多，人多，你无法静下心来看风景。

相同的假日，不同的人过法不同。一些人忙于花钱，一些人忙于赚钱。花钱不一定快乐，赚钱不一定痛苦，关键在心态。快乐，与放不放假无关，与有没有钱无关，只与自己有没有乐观的心态有关。不要去鄙视那些你认为不快乐的人，其实他是快乐的，他在享受生活。也不要去羡慕你认为快乐的人，其实他内心是痛苦的，他在假装快乐给人看。所以，自己的日子自己过，自己的假日自己过。平日上班，是为生活，也是一种生活。到了假日，有更多的时空可以去感悟生活和生命的美，也是生活。假日和平日不同仅是生活的时空体验不同。生命是短暂的，你热爱生活，就会发现这世界到处是美，工作和生活是一致的，每一个日子都是假日；你热爱生活，也会发现生命真正需要什么，不需要什么，会从利欲中醒悟过来，会看重自我精神人格的修炼，在你眼中假日也不过是一个日子罢了。

男生女性化

题记:《追捕》是1978年引进到中国的,我是1979年下半年从电视中看到,高苍健的冷峻、坚毅男人味从此一直植入我的记忆中。那年看到栗原小卷演的《生死恋》,惊叹世上竟有这般美丽的女人,我固执地认为男人要有男人味,女人要有女人样,艺术客串也无可厚非,但全民"娘炮",男不男、女不女确实让人反感。文化导向不可忽视,盲目追星引发许多极端,人们怀念高苍健也是有理由的,呼唤真男人、硬汉!在本文中,我只表述一种现象:男生女性化。几年前,我就注意到这种现象,到目前为止,我遇到几个这样的学生。我从我遇到的这种男生中选三个"代表",简要地叙述出来。

一

早几年前,我新接一个高三班做班主任。班上有个姓李的男生。他数学不好,其他各科还可以。认真学习,考个一般本科没问题。他组织能力强，口才好，班团干部选举，他得票最多，我安排他当班长，还推荐他到学校学生会当干部。不久，发现他有问题。编座位，他提出要同女生坐，下课与女生疯，搂抱女生。不是处于性冲动之下的那种拥抱，像别的男生抱男生一样，是好玩，那些被抱女生意识到这一点，都笑笑嘻嘻。我对他讲，男女正常交往，没事，搂搂抱抱就过分了，要他注意分寸。他不反驳，也不改正，还与外班的女孩勾肩搭背。体育课，集合解散后，他不与男生去打球，和女生到学校商店买点零食，坐在樟树下聊天。我劝他上体育课，和同学去打球，出出汗，锻炼身体。他说打球，汗臭，鞋子也臭。他的鞋子总是白白净净。夏秋穿花花绿绿的衬衫，冬季的棉袄颜色也特别俏丽。我和他父母有过多次交流，父母没有引起重视。他读通宿。他每天早晨都要洗头，用那种女性专用洗发液，一遍又一遍地洗，洗净，吹干，再弄个好发型，临出门，喷些香水。这耗费许多时间，早自习几乎天天迟到，任何处罚都没用。期中考试后我免去他班长职务。后来，情况越发严重了。他买了一个化妆盒，剪子梳子镊子，描眉的笔涂口红的笔，香粉发胶，等等，都配齐了。上课时，他对着镜子，修眉描眉，涂口红，往脸上扑粉，往头发上喷香水。

我苦口婆心，软硬兼施，做工作。他打个眯笑，不吭声，不改变。班会课上我强调学生的天职是读书，追求知识的完善，心灵的充实，而不是外在的标新立异。我特别讲到男女有别，男孩就要像个男孩样，女孩就要像个女孩样，男不男女不女，阴阳怪气，十分恶俗。这些话，是专门讲给他听的。他的月考成绩一直在下滑。父母开始急了，对他有所管束。他戴着耳钉进教室。中学生守则不准女生戴首饰，更不准男生戴。我要他取掉。下课或上学途中，他仍然戴，还配了耳环。那年高考，他只考了一个专科。

二

　　我还教过一个这样的学生，就只教他高一一年，高二分班后，没教他班了。高一上学期，我没有发现他有什么异常。他个子高，英俊，头发乌黑，皮肤白净。数学基础不好，上课还是听，听不懂，他直喊不懂，我便停下来，替他解释。许多简单问题，大多数同学懂了，他不懂，甚至我重讲一遍后，还是不懂。同学笑他猪脑壳！他也不生气，一笑了之。他性格开朗，与男女同学都交流。我每次进教室，他总要走近打招呼。

　　不知什么原因，高一下学期，他变得沉闷了，不太与同学交往。上课，他不听讲，要么看杂书要么睡觉。他读寄宿，生活老师反映：晚上熄灯后，好晚，他还拿手机，看电子版小说、视频。

　　一次上课，我特意早点到教室，想和他交流一下。他正在看那种专门以中学生为读者群的大块头小说，没有发现我来了。我叫他，他连忙收书。我说："这段时间，课堂上听不到你声音，为什么？"他说："听不懂。"我说："你不听，永远不会懂。你认真听，像上学期一样，听不懂的就问。"他答应好。

　　我一有机会，就找他交流。上课，故意叫他回答问题，他明显不高兴，有反感情绪。几个星期后，他突然活泼起来。我倒不安起来了。他与班上女生打成一片。同桌是个女生，前后排也是女生，不知是他自己要求的，还是班主任无意编成这样，班上还有男女混坐的。

　　如果是早恋，我觉得问题还小，好做工作。他与女生打成一片，不是异性相吸使然，而是物以类聚那种，他把她们当作同性了，与她们玩才开心，在言行上也向她们看齐。留长发，几次被教育处老师叫出教室，训话。他仍留长发，中间分一条缝，往两边披，梳理得齐整。一天，课间休息时，他叫女生帮他扎一个鬏。我走进教室，发现了。问他头上盘个鬏，怎么回事？他说："好玩。"我说："这个不好看，男不男，女不女。"

他说："老师，你OUT了，好多男明星，留长发，描眉，涂口红。"我实在不好怎么反驳，忍着火，说："你还不是明星，是学生，就应该是个学生样子，将来是个男人样子。"他见我语气很重，马上扯散了头发。我没再讲了。

过几天，高一年级学生去某基地参加社会实践活动，他戴着耳环来了。他的同学，倒是没有表现出什么诧异。班主任要他把耳环取下来。他无奈之下照做。之后，他常戴，只是见到老师时取下来。反正耳朵上打洞了，取戴很方便。

紧接着的行为就与那姓李的学生差不多。一个女孩子上课照镜子画眉，只是说明她心思不在学习上，心理还是正常的。上课时，我看见他低头至那一方小镜子面前左照又照，细心描摹，我心里十分难受。

有一天，打上课铃了，我喊上课，他还在用一把小电铲子修理两额边头发，我瞪着眼睛望着他，这时其他同学都站起来了，他才极不情愿地停下来。

那天，班上，上节是体育课，下节是数学课。他没有去打球，与女生东游西荡。班上男生有的打篮球有的打羽毛球，还有几个男生找一小块地方踢足球，都是一身汗，教室里开空调，门是关着的，结果教室汗味浓郁。他拿出一瓶香水，一个劲地喷。香味太浓了，很多同学受不了，连忙开窗开风扇，几分钟后，才安静下来。

三

2019年上学期高二学业水平考试，有多所学校学生来我校参考。我监考。外校的一位女老师负责安检，我站在不远处观察。我注意到外校一个考生，个子不高，看穿着，是男生，看头发，讲话的语调神态又像女孩。当时他和两个女孩亲亲密密，谈谈笑笑跑进来，是最后安检的考生之一。与他同行的两个女孩，都长得漂亮，有一个描了眉涂了口红，头发经过了精心梳理，着衬衫，穿半长短裤。我猜他是女孩，待他走近，发现不对，他胸围平平，明明是个男孩。待安检完毕，广播正在播放"考前的话"时，我拿出本考室的考生座次表，找到与他对应的座位，性别"男"。到了可以提早交卷的时间，他看见那两个女孩提前交卷，他连忙交卷，跟她们出去了。走的时候，与女孩挨得很近，有说有笑。讲话嗲声嗲气，并且边讲，边伸出一个指头，做轻柔的舞动，明显的女生动作。

我见过男生女生初恋的情态，虽是相互靠近，但还是有些忸怩羞涩，要保持一定的距离。他与那两个女孩，没有性别的界限，纯是玩伴，身体碰触随意。

四

这是怎么一回事？是不是我真的 OUT 了，不能接受新事物呢？是不是和同性恋一样，这是一种正常的心理或生理？据说西欧很多国家同性恋受法律保护。我国，有没有同性恋者？不见公开报道。

赵本山的徒弟小沈阳，春晚表演小品，他一个大男人却穿裙子，一口阴柔之腔，一副打情骂俏的忸怩之态，让人恶心。他借此一下火了，粉丝一大片。可见心理或生理变态，审美趣味低下的人不少。有些娱乐频道的主持人，也是奶油小生，身材纤细，披肩的长发被染得五颜六色，口红红得像叫鸡的鸡冠，讲话嗲声嗲气，一副太监模样。还有许多影视明星，都是这种阴柔疲软的男人。很多青年学子视他们为偶像，以模仿他们为时尚。这几个男生有女性化倾向，是处于生理的原因，还是在某种畸变的心理暗示下的模仿行为呢？

时下很多男人缺少粗犷、威猛、冒险等血性，是不是与我们的学校教育有关？幼儿园很少有男阿姨。温柔的女阿姨是不是男童们模仿的对象呢？小学也是女教师占多，有的小学，连体育老师都是女的。女教师的天性是女性，她们去培养男童的个性，是不是不如男老师那样有强烈的示范效果呢？据我所知，她们中有一些人，有时采取的方式反而扼杀了小孩的天性。小孩最崇拜老师，当他们最崇拜的老师都是女老师，他们可能会下意识去模仿女老师的言行特点，甚至衣饰。中学教师中，男教师比例高一点，在一般学校中，仍不到一半。造成这种性别失衡的原因肯定与社会有关。

高考成绩公布后

一

　　就在去年，高考成绩一揭晓，高考喜报满天飞。当然是高中各类学校发的。本校多少人参考，上一本多少人，二本多少人，一、二本上线率多少，在全市排名第几，600分以上多少人，最高分多少，在全省排名第几。个个学校都吹自己考得好。不明真相的看客，就看热闹，看谁的气泡吹得大。一般也傍底子走，吹得过于天花乱坠，会适得其反。当然是那几所名校吹的泡大。报纸电视上、网络媒体中，省高考状元，市高考状元，省（市）文科第一名，理科第一名，高考最牛班，最牛班主任，最牛学校等，如电闪雷鸣让人惊魂荡魄。

　　今年这类信息很少看到。网络上偶尔看到，不久就是一个惊叹号，删了。据说是上面发文不准宣传。此一时，彼一时也。

　　之前发喜报是错误。谁吹的牛皮大，社会影响力就大，名校就变得无比辉煌了，它们录取的绝对人数，高分人数，上一流名校的人数远比其他学校高。看客不知生源情况，就以为它们真那样神，老师下不得地，也就更看不起普通学校。其实普通学校低进高出，考得够好了。你名校老师牛，你到生源差的学校去带一个班，能带出三两个北大清华就算你牛。

如今不让人们说话更是一种错误。师生辛辛苦苦，面对高考倒计时提心吊胆挨过一天又一天，好不容易考出了好成绩，他们想让社会知道，也想表达自己的喜悦，把成绩发布出来，违犯了哪条王法呢？这社会做什么事之前，不都是利用各种媒体大造声势吗？高考是国考，把结果公布于众，为什么就不行呢？结果说不得，肯定有见不得人的地方。哪些地方见不得人呢？组考，阅卷出问题？高考要求这么严厉，不会出这方面的问题。是担心公布引发社会动乱？高考是目前仅存的一个公平公正选拔人才的平台，没有动乱的理由。是想扼制一下社会对高考的妖魔化？禁言，反而让高考更妖魔化了。

二

教育集团化，造成了教育资源的严重失衡，也造成了教育的严重不公。这从高考成绩上充分显示出来了。政府应该让每人享受到同样的教育资源，不能把学校划出三六九等，从而把受教育者也划出三六九等。教育格局明摆在这里，不是不公布高考成绩，教育一下就公平了。目前教育集团化趋势如火如荼，各种公私合营的所谓名校，收费高，加重了老百姓的负担，这与义务教育法是背道而驰的。教育一旦集团化，商业化，资本介入教育就成为现实。在所有的商品社会里，资本总是站在食物链的顶端。资本逐利，它可以调动一切资源为它服务，为它所用，并让一切沦为商品，标价出售。为什么有那么多的教育培训机构，那么多的超级中学，都是资本逐利使然？家长只能花更多时间更多精力更多金钱，去培训去追逐名校。

那些看似正能量，让你好好学习、天天向上的背后，其实都有资本在驱动。资本往往穿着"美丽"的衣裳，以优雅的举止来赢得人们的好感。不管他们的初衷如何，最后都是为了追逐利润。他们会调动各种资源鼓吹"不要输在起跑线上"，并营造各种焦虑情绪，他们还会炮制各种"解题秘诀""升学宝典"，在战略战术上全线出击，故意制造"剧场效应"，让整个社会为这场盛宴买单，而他们自己站在食物链的顶端，脖子上围着雪白的餐巾，分享着这顿带血的饕餮大餐。

三

这几天常有同事发帖讲教育乱象。挂靠的民办初中垄断优生，6A、5A，90% 集中在民办。民办初中师资不稳定，收费奇高，三年初中十万往上走。初升高，集团垄断、雪藏、分层切割：6A 本部、5A 第一层面的分部，4A 第二层面的分部，3A 分部的分部……为了生源，互掐互喷，班主任为了完成任务，甚至不交志愿填报密码，强行要求学生填本集团学校。过去的优质公办高中不改名，不抱名校大腿，生存都困难了。

初中抱名校大腿才收到优秀的小学毕业生，才让那样多的家长趋之若鹜，才有这样的名利，投桃报李，入情入理。

每到招生季，各学校如临大敌。摆摊设点，电话轰炸，上门骚扰，虚假承诺，利诱相加，恶意中伤，等等。教师为教育抹黑，也让自己斯文扫地。名校除了垄断集团内优质生源，它们还肆无忌惮，手段恶劣拉外地市优秀生源，搞得别人叫苦不迭，骂娘不止。在最需要诚心，公平，谦逊与敬畏的教育领域，采取这种卑贱的手段，于情何忍，于理何在，于法何容！

时下，大众对教育的批评，比任何时候都要多都要猛烈。这样的环境之下，与教育有关的每个人，都感到疲惫不堪。身体的累在其次，最痛苦的是明明知道这是不对的，不符合教育规律的，却无可奈何。都想停下来，安安静静地办学，按教育本身的规律教学，又没人敢第一个吃螃蟹。正如"雪崩的时候没有一片雪花是无辜的"，教育焦虑之下，我们都不是无辜者，我们没有一个人可以逃脱。

码字感言

我每天都写，有想法时就写。想法多，就多写几句。时间不够，写不完，等有时间再增补完善。我曾想写些广义的、能引发更多人共鸣的文字，总是不尽人意，我也不为难自己。许多文友在报纸杂志发表作品，我很羡慕。我想上纸刊，也发过多篇。人的水平受天赋制约，有些人资质优秀，年纪轻轻时就崭露头角，再写个上十年，自然高人一等。我是半路出家，不可急于求成，也不必急于求成。让写作成为习惯，成为提升生活质量和提高精神境界的手段。每个人都有自己独特的方面，你写出了自己独特的文字就可以。不把上纸刊，作为写作的目的。努力地写，你若盛开，蝴蝶自来，文章上台阶了，上纸刊是水到渠成的事。

我有我的生活，我的感悟，我写我心。至于别人在我文字里能否找到他的影子，能否表达出他想表达而又未表达的意思，我不予考虑。我与自己心灵对话。这些话，有没有人听，有几个人爱听，有几个人听着皱眉，我不予考虑。我讲出来，就当对天长啸，或当痴人说梦。有时候，我的一些想法，还只是朦朦胧胧的影子，我写的时候，就尽量把影子看清。常常写完一段，突然又有新想法了，又在前面那些段落中插一段。

　　一批朋友一直默默关注我，他们说我写的文章他们都看了。关注我公众号的人在增加。为了不辜负朋友们的期望，我要坚持写，努力写出档次高的文章。我写作的初衷，是表达自己的感悟。很多时候，我没能完整地表达出自己的思想感情。一种情况是，我想表达完善些，却调动不了词语，写不出。另一种情况是，我不想把当时的心态全部暴露无遗，如同一个人出于种种原因，不能把真话全讲出来一样。但我不讲假话。我写出来的文字，都是我真实的状态，有人说，看你写的文字，就知道你这个人。我觉得这是对我最大的褒奖。

　　散文随笔，都是直抒心意，你喜欢什么，反对什么，提倡什么，都通过文字赤裸裸表达出来了。你可以保留一些想法，但你无法不表露自己的心迹。散文，谁都可以写，就是因为每一个人都有想法要表达。当然，要写好很难。诗歌可以含蓄地表达意念，小说，尤其是以第三人称写的小说，作者可以隐身，通过人物来演绎故事，作者的立场可以通过人物宣泄出来。我各种文体都试过，写得最多的是散文随笔。

　　有的人，专门写有"意义"的东西，当今报刊电视鼓捣什么主旨，他很快写出弘扬这种主旨的文章。这种文章，满满的正能量，是会被很多平台或纸媒选中的。跟风的文字，来得快，去得也快。文学不可能脱离现实生活，它是对现实的反映，是对生活的观照，它要表达出人的心理活动，人的思想情感。我觉得，写作者，不要去跟风，也不要过多去参加各类限制主题的征文，沉下心来，写日常生活中的本色人性，真我情怀。过多地去迎合某个主题或意义，会让自己的思维僵化。很多事只与人性有关，把其他帽子戴上去，是对人性的误判。我从不参加征文活动，就是基于这个道理。一想到，写文章反映某个主旨思想，我的脑壳就木了。我写文章，都是写完之后定一个题目，记录一段生活，一种心情，一种期许。

一个写作者，他写字，无论出于什么目的，无论写了些什么内容，总是想别人看的。如果你不想给任何人看到，那你写干什么？就算你记录下来，纯是给自己看，你死后，还是会有人看到的。既然所写文字，是给别人看的，写作就会受到许多限制，就是说，并不是所有的意思都是可以写出来的。我每写完文章，常发给人看。这些文章，是草草写完的，考虑不周，有很多欠妥的地方，我总是迫不及待地发出去，是一种什么心理驱使，我自己也不清白。发出去的文，过两天再看，看出许多破绽，于是再修改。好比有些衣服只适合在家里穿，穿到外面去，就有失大雅。有时，我想我不写自己的生活，那我写什么呢？最终，还是我笔写我心。

　　现在坐下来读书的人不多。不读书的原因很多，一个重要原因是能给人精神上提升，文学上陶冶，也就是让眼睛一亮、心一颤的文章太少了。你写的文章，很多人看了之后，觉得他们可以表达得更好，这说明你写作是处于低级水平。如果别人读了你的文章，被你优美的文笔折服，被你充沛的感情折服，被你深刻的思想折服，替他们说出了自己想说说不出的那些想法，这说明你是高手了。成为写手易，成为高手难。这段时间在看王蒙文集。佩服他那种天马行空式的写法。他的思维时而像大河奔腾，时而像万箭齐发，有时如夏雨滂沱，有时如春雨绵绵。文字像机关枪连环炮，同种结构但不同意境的词句重重叠叠，接二连三，一发而不可收。我读他书中精彩段落时，感叹他何以有那样多的思想！大家就是大家，有好作品给世人看。写作，让我感受到对束缚与羁绊的挣脱，让灵魂放飞。写作是对现实的重构，是情感的寄托。我会继续写下去，努力写好，写到什么档次就什么档次。

俊鸟与猛兽

我一同事说："与凤凰同飞，必是俊鸟；与虎狼同行，必是猛兽！能走多远，看你与谁同行。人抬人抬出伟人，僧抬僧抬出高僧！你把身边的人都看成宝，你被宝包围着，你就是'聚宝盆'。你把身边的人都看成草，你被草包围着，你就是草包。人生赢家，就是要懂得放大别人的优点，欣赏别人的长处。"讲得很好！

我看出有两层意思，一是一个人要与优秀的人为伴，方能优秀，就是：物以类聚，人以群分。二是一个人要欣赏别人赞美别人，方能被人欣赏被人赞美，就是：你尊重别人，别人也尊重你。

俗话说：行要好伴，住要好邻。表达的也是上面第一个意思。好的伴，就是好的榜样，他的言行会慢慢感化你，你努力朝他赶，必越来越优秀。假如你还不够俊，不够猛，你要与俊鸟同飞，与猛兽同行，肯定做不到。那些人之君子者，是经过长期修行而成的，假如他是凤凰，你是麻雀，你能与他同飞吗？假如他是虎狼，你是猫狗，是蚂蚁，是毛毛虫，你能与他同行吗？你要与优秀者为伍，先要成长壮大，成为"俊鸟"

成为"猛兽"才行。你与巨人站一起照张相或同行一段路就成为巨人，那是做梦。

所以一个人最要紧的是自我发展，好像一棵树，你长大了，长高了，你就可以与周围的大树平视。这个由"小树"变"大树"的过程是漫长的，也是孤独的，需要咬定青山不放松的意志。如果耐不住孤独和寂寞，你的根须就伸不到泥土深层去，你长不高，你就只可永远仰望大树，总生活在别人的阴影中。

自然，并不是每一只鸟都可以成为凤凰，每一只走兽都可以成为好虎狼，每一棵小树都能长成大树，即便你再努力，也成不了。那首先，你就应该对自己有清醒的认识。一个人最可怕的就是自我膨胀，不知道自己是谁了，不知道自己有几斤几两。知道自己的斤两之后，你就不要好高骛远，而是给自己定一个合适的目标，脚踏实地做人做事。我成不了凤凰，我就心甘情愿做一只麻雀。麻雀什么不好呢，也是可以自由飞翔的鸟。明知自己是麻雀，却又吹牛皮，说自己是凤凰或说与凤凰是朋友，这就会被人耻笑。所以，正确的态度是：认清自己的优点，欣赏他人的长处，把别人看作"宝"，然后，不断地完善自己，成为一个独特的你。那时，你在别人眼中也是俊鸟或猛兽了。这就是上面的第二个意思。

人生之苦

佛曰："人生有八苦，生、老、病、死、爱离别、怨长久、求不得、放不下。"我觉得这种分类法不科学。严格地分类，要求既不重复，也不遗漏。生之苦，是不是包括了后面所有苦？放不下之苦，其实也包含了前面之七苦。求不得，是放不下呀，放下欲望，就不会有求不得之苦。你若放得下，生老病死乃自然之事，顺乎自然就是，何苦来哉？正是放不下种种贪恋，贪生怕死，才有苦难。爱离别，怨长久，爱恨情仇，全由心生，心地无私天地宽，自然拿得起放得下，何来之苦也。细细分起来，人生之苦，何其多也。有人说人生下来就是受苦吗？那些轻生者，大多是不想受苦了，想一死了之，结束苦难。其实自杀者并没有看透苦难，洞悉人生，他若悟空了，便不会以自身之苦为苦，而认为是一种修行养性的过程，就像信徒打坐一般，这样想来，就云开雾去，茅塞顿开，自然不会自杀的。我自老去，自会生病。没有病，我不会死。所以，我有病，何需忧心忡忡，病要我的命，我也无法阻挡，听天由命好了。人来世间，走一遭，生死已定，只管放下，自得其乐好了。赤裸裸来，赤条条去，要那么多荣华富贵干什么。来了便来了，去了便去了。

小长假

　　五一小长假，三天。想起便开心，三天可以自由行，自由想，天天由自己支配。不外出，宅在家中也好，想睡觉就睡个自然醒。醒了，还可自在地躺着，睁着眼睡，信马由缰地做白日梦，没人可控制你的思想，你想什么就想什么，不担心会被一声呵斥中断想象而去听一些陈词滥调。

　　上班常听到许多高调，心里不免烦躁。放假，就听不到那些声音了。可听到许多好声音，比如鸟叫蛙鸣，老人们打太极或跳舞或舞剑播放的乐声，清洁工在楼梯间搬垃圾的声音，拖地的声音，还有从楼下草坪传来的落叶被扫的哗哗声。这些声音，要有相对照的心境才可以感受。你急着要去上班，你会注意路边花花草草的美，虫鱼鸟兽的声音吗？

　　上班，人像一个钟摆，什么时候到什么位置，做什么动作讲什么言语都有固定的程序，你必须按套路走。你心里不在乎，但你无法不被管控。更无奈的是一些人并不如你那样的付出，但他们善于摇铃制造声势，就成了骨干，宣传橱里便挂起标准相，有很多路铺好地毯，等着他们昂首挺胸地走，走着走着，就成了名师。他们坐在话筒前，像唐僧西天取了经一样俨然饱学之士，滔滔地言说，你不听不行。

上班时，我不想讲什么。不是无话可说，是有太多的话不想讲。对同一件事，我的看法与别人不同，甚至大相径庭。我是一人之见，他们是众声。假话我不想讲，真话不能讲。我有时，不禁也讲几句，虽然有宣泄之快感，但终归无济于事，反而被人扣了帽子，打入另类。我欣赏那些讲大话不怕吹破牛皮的人，颠倒黑白混淆视听的人，把一件小事夸大变成一面旗帜的人，人云亦云长着猪脑壳的人，弄虚作假欺上瞒下的人，等等。人上一百，形形色色，只要你留心，总可以认清许多人。假如你去较真说破，那会得罪许多人。你的日子也不好过了。看透人事，仍做入世者，做清白的糊涂人，走自己的路。你改变不了别人，就改变自己。有些人是玩套路的，让他们玩去。你的朋友会越来越少，这也无妨。这时，你看得越来越远，你拥有的世界越来越大，你并不孤寂。

从一则牛肉广告说起

在小区电梯门侧的长方形荧屏上，我看到一则这样的广告。蓝天白云，草原黄牛，辽阔的四野，幸福的天堂。黄牛三三两两散落草原。牛一身金黄，草一色嫩黄。有的牛在啃草，有的牛在奔跑，习习春风，哞哞牛鸣，阳光灿烂，万物流光。突然，画面一闪，牛变成几排倒挂着的牛肉，镜头推近放大，牛排骨凸现，牛肉鲜红闪亮。画面又一闪，一排戴白色高帽子穿白色制服的大厨在炒牛肉。他们左手抖动炒锅，牛肉翻腾跳跃。画面又一闪，一条黄铜色的牛雕出来了，它慢慢转动着，背上削去一坨，放了一个大碟子，碟子里是飘溢着香味的牛肉。

开始那种景致，人间仙境也。那种天色云裳是属于秋天的，明净透明。那草是浅浅的一层，嫩黄色，这是初春的颜色。海水一样漫溢开来的嫩绿，像冬天的雪一样净化了世界。虽看不见人，但你会把这些怡然自得的牛想象成踏青的人。在这种地方生活，生命是圣洁的，高贵的，就像那些潇洒飘逸的云一样，可你的梦刚做就破灭了。广告要表达的意思是，这种蓝天白云下的牛是最可爱的牛，它们的肉是绝味，大家都来吃吧。

《狂人日记》里的狂人看到的是一个人吃人的世界。现在人不吃人了，人吃的东西太丰富了，吃人就没必要。但人吃动物触目惊心。明明是国家法律保护的动物有人铤而走险去捕杀，有人在卖有人在买有人在吃。捕杀者，才不管这是不是动物的繁殖期哺乳期，想尽一切办法捕猎，比如电打投毒等。我最痛心的就是家乡青蛙的绝迹。小时候，春夏稻田，"听起蛙声一片"，现在回乡，在田间散步，不见青蛙，只能在记忆中听蛙鸣了。这蛙的消失原因多方面，一个重要原因就是蛙肉嫩，营养价值高，于是有人捉、有人买、有人吃。

我到市场上买菜时，常到水产摊位去看。野生鱼，很难买到了，绝大多数是吃饲料长大的鱼。离水产摊位不远处总有卖青蛙的。摊主蹲在街边路角，前面放一块长且厚的木板，木板上放一把锋利的菜刀。木板一端至少有两袋青蛙，那袋子是网状的，网眼不大，青蛙跳不出来，在里面蠕动，像一坨莫名的怪物翻滚着。我看见青蛙，像看见儿时玩伴一样感到亲切，又感到悲催。它们的家乡在哪里？历尽磨难幸存下来，最终还是没能躲过厄运。青蛙，是绿色的，身上有一些细细碎碎的图案，文了身似的。这些青蛙，大都不大，还没有长足身体，它们再也没有长大的希望了。有人买青蛙，摊主抓蛙过秤报价后，动刀了。他抓一青蛙，先用刀刃抵住它背脊，这时青蛙匍匐在木板上，双脚一伸一缩的划动，很快，刀切入身体中去中，发出"咔嚓"声，他用左手两个指头抠入刀口处，往下一撕，青蛙皮到了手上，右手持刀往上一拨，头部连皮翻上去了，再把青翻过来，扯掉内脏。真佩服他动作之迅速，技术之完美。最后青蛙变成无头的肉身，放在木板上时，脚还在划动。两斤青蛙分把钟都变成了白色的肉身，堆放在一起。

这些青蛙本是在田地中吃虫的，当农药没有如今充足之时，青蛙是捕虫高手。我眼前浮现这样一种画面。山村田野，稻穗如海。阳光普照，蝶鸟翻飞。蟋蟀在田埂边弹琴，青蛙在田中唱歌。于青蛙而言，每一丘田，都是一座森林，那些禾苗如树。它们在森林中仰望，树茎枝头常挂着虫子，它们跳起来，张口伸舌，虫子就到了口中。吃饱了，它们便在树下嬉戏玩耍。有些跑到附近的池塘水坝戏水。你放眼望去，水面上，浮草边，树丫下，有一些小不点儿，那都是青蛙，它们只露出半个头在水上，观察四方，不时地叫着，寻找同伴。这些小不点儿，总在移动着位置。见有人来，它们迅速潜入水中，游到很远的地方又浮上来。青蛙是潜水跳水游泳的高手。你想到池塘中抓到青蛙，很难。它一下潜入水中，你就看不见了。假如把这些画面拍成视频，再把杀青蛙的视频剪接于后，再配以厨师爆炒青蛙的动作，最后以一碟碟蛙肉定格在吃客的饕餮之态中，这不和这则牛肉广告是一样的吗？

我知道很多动物被人饲养，就是给人吃的。比如，鸡鸭猪牛羊等。菜市场那些鸡鸭摊位，一天到晚充满屎味血腥味。那些鸡鸭过秤以后，头被反扭入腋下，快刀划过颈脖，血便喷射如注。秋冬时节，那些卖狗肉卖羊肉的贩子，为了表示狗羊是新鲜的，便当众宰杀，场面十分血腥，惨不忍睹。这些场景彰显人的残暴。对动物蹂躏虐待会像瘟疫一样传播，让整个社会丧失爱心。于是人与人变得像人与动物，现在杀人的人多起来，这与人对动物的心狠手辣不无关联。

据说，全世界每天有 75 个物种灭绝，平均每小时有 3 个物种灭绝。物种进化过程中，猴子走到其他动物的前面，变成了人。人的生活挤占并毒化了其他动物的生存空间。人对动物的捕杀，把很多动物逼入绝境。世人评价动物，就是看它的肉好不好吃，皮毛头角骨架有什么用。几乎所有动物都能为我所用，也就在劫难逃了。对那些能对人造成伤害的动物，人就想方设法对它们斩草除根。我家乡的大山，解放初期，出现过老虎。后来，大山被滥砍滥伐，生物链遭到破坏，老虎只能出山闯世界了，自然被人灭了。

女孩如何找对象

对小孩的婚姻大事，我始终尊重她的选择，也只能尊重她的选择。是她在找生命的另一半，找能共同生活的人，找最适合她的人，而不是找我喜欢的人。我希望她找对人，生活幸福。

小孩读了那么多书，也经历了许多事，应该会识人。很多方面，多半比我看得远，想得更周到，我还是想提些建议。你的婚姻大事，也是父母的头等大事。你有自己的想法，作为父母，我们有我们的想法，可以交流，这不是干涉你的选择，是温馨提示，是出于无比深厚的爱，决策权还是在你手里。

你说必须找到合适的，才结婚；找不到，不将就；与一个自己不喜欢的人结婚，婚后吵吵闹闹，生了小孩的话，对小孩也会是极大的伤害，等等。

对此我有些观点，说出来与你交流。

绝对适合自己的人，是难以找到的，因为根本不存在，基本合适就行。真正合适与否，也只有结婚后才知道。

我认为选择另一半时，最重要的是看人，即看人的本性。身外之物，要看，但不是最重要的方面。因为身外之物是容易改变的，本性好的人，身外之物，暂时差一点，终归会获得与自身才智相匹配的物质的。

　　什么是人的本性？我认为本性即品性，主要是指善良或邪恶，智慧或愚钝，是那些形而上的东西。除了受遗传控制无法变更的东西，其余本性都是后天形成的，一旦形成，可以改良，但改变很难，"江山易改本性难移"。有的人，结婚几十年，当了爷爷奶奶，还没把对方改变好或者没把自己改变好，彼此仍然不适应，到了行将就木的年龄还离婚，足以说明要改变一个人很难。与本性低劣的人相处是遭罪，所以，寻找另一半时，一定要着重考察他的本性。本性好的人，即使暂时不适应，也会磨合好的。一切美好的婚姻都有一个磨合期，就是彼此理解妥协以适应对方。古时候，指腹为婚或经媒妁之言，父母说了上算，当事双方根本未曾谋面，横眉毛竖鼻子，高矮肥瘦都没见过。套用现代术语，就是先结婚，后恋爱。当然，这与男尊女卑，妇女人权受到压制的封建礼教不无关联。这种方式早已为世人抛弃。但我认为找对象，看家庭是对的。看家庭，不是看家里如何有钱有权，而是看父母的为人，家庭或家族的教养。这些对人的本性形成至关重要。

　　长相、学历、工作、家庭、性格、爱好、气质等等，重不重要？长得帅气，大学本科或研究生毕业；工作单位好，还是领导重点培养的对象；家里有钱，房子有几套；父母是大老板或大领导；不抽烟不喝酒不打牌，儒雅随和，谦谦君子。能找一个这样的人，真是天大的好事。茫茫人海，到哪里去找啊？就算有这样的人，想与之白头到老的人太多了，多半轮不到你。你要考虑自身条件。

　　基本的硬件当然要具备，比如有稳定的工作，有住房或有能力购房，等等。你有稳定的收入，男方有稳定的收入，两个人共同付首付、货款买房，可以。所以，房子也不是一个必要条件。他家在农村，无妨。农村山多树多，父母在农村，就多一个休养生息的疗养地。在农村很多食物可以自产自足，不需要花很多钱。更何况，农村老人国家每月发钱。至于治病，农村有合作医疗，住院可以报销百分之六七十，一般病痛，花钱不多。所以，家在城市还是乡村，也不是问题。我倒认为农村的还好些，可以吃到许多绿色食品。

择偶的关键是择人，看他的本色和潜能，看他的个性和习惯，看他的文化和家养，即看人之所以为人，能够成长什么人的那些东西，也就是看他的"软件"。不要把暂时的状态，当做永恒的状态。你有洞察力，就能发现潜力股。你才工作几年，别人也是刚刚起步，不太可能就达到别人奋斗几十年才有的高度。如果你想找那种高度的人，那只能在中老年人中去寻找了。年龄悬殊过大，身心是有代沟的，婚姻有太多的不和谐，再好的硬件装备，也不能愈合精神的郁闷。这样的例子是很多的。

对于女孩子而言，婚姻是选择丈夫，也是选择父母。你无法选择自己的生身父母，可以选择法律意义上的父母。这种选择，关系到将来生活的质量。当然，要慎重考虑。但你要明白幸福的生活终归要靠自身的努力，轻易得到的东西容易失去。自己没有好的品行才智，没有过硬的本领，就算嫁入豪门，也可能被打入冷宫。当自己并不够完美而企图通过选择夫家，而获得一劳永逸的幸福，是不可能的。就算你暂时得到，多半有更多痛苦等着你去消受，这时你只能委屈求全，有泪也只能往肚里吐。

婚姻可以改变命运，这需要时间，需要两个人共同奋斗。一旦结婚，两个人就成了命运共同体，成功的花儿，必浸透了双方的汗水。现实生活中，许多幸福的家庭，哪个不是从"糟糠"状态中过来的？假如当初双方以对方达到现在这种物质和精神的高度才同意结婚，那他们不可能有今天的幸福。如果其中一方，死抱着这种观念不改变，那就只能成为剩男（女）了。

不要为爱情设置太多的条件，不必像法官参照法律条文判犯人徒刑那样，遇到异性就去对号入座，不合的就没得谈。其实，真正的爱情就是对异性的一种好感，说不清他（她）好在哪，就是被对方吸引，想了解想走近，当对方也有这个意思时，就自然走到一起了。然后，共浴爱河，生儿育女。只要有爱，就会有被爱，两个爱加一起，即使婚姻当初有世俗意义上的缺陷，也会变得越来越完美。

不要对爱情抱过多勾想，婚姻多半是凑合着过日子，浪漫不会太多。最好的状态是：你改变我，我改变你，你对我有期盼，我对你有期盼，你中有我，我中有你，谁也离不谁。幸福的家庭，并不是一开始就是幸福的，常是从痛苦或灾难中闯过来的。婚姻是两个人共同的成长发展。

第三辑　人间五月天

　　你是我的春天，你在我心上撒下的种子一直在成长。我想紧紧抱着你，让你成为我一部分。我的每个意念你能感知，你每一次心跳我能听到。一切语言是多余，我们同呼吸共命运。那么多未来的日子，那么多结束又开始的日子，这轻飘飘的人生，假如我的爱能为你压住一阵风，也算无悔了。

飞鸟集

我喜欢花，只要是花，不管开在何处，我都喜欢。花开堪折也不折，我远远地看。我可以理解它，也可以不懂它的芳心，但我尊重它。它不是为我而开，它让我心开出许多花。

假如你是花，你就开成一朵花，不要去想有没有蝴蝶来歌唱，更不要去想有没有蜂鸟来采花，你若盛开，蝴蝶自来。如果你是树，就算是大树吧，要热爱身旁的小树小草小花，它们是你的亲人，更要热爱脚下这片热土，否则，风会把你连根拔起。

那棵大樟树下有一大块荫凉，前面花坛里有花。她拿出手机拍照，蹲下，站起，走近，走远，调整角度，发到朋友圈，配一句话：母亲在医院睡着了，这些花，是母亲梦中的微笑！她走回病室时，老母亲刚好醒来。她说："妈妈做梦了吧。"老母亲笑了。

早晨，她拖着买菜的那种小车捡垃圾，看见那两只鹅用嘴挑水擦洗翅膀，她整了整头发。她把从垃圾桶里找到的瓶子，踩碎，放一个袋子里，袋子挎在胸前。她把丢在垃圾桶旁的纸板，展开，折齐，捆在那用于放菜的筐上。晚上，她和一群大妈跳舞。灰白的头发还是用一白环扎着，还是那件蓝底起碎花的上衣，还是那条灰不拉儿的长裤。

春天，生机勃勃。竹笋冲出土石，树木长出新枝，花竞相开放。地下的、地上的、天上的动物纷纷出动，展露生命的风姿。人们为什么要去踏春呢？想把花容草色照到心里去，想让春风吹到心里去。踏春，与花合个影，躺在如毯的草上打个滚儿，便觉童心未泯。踏春时，见身外的花开，心里也有花的绽放。此时，每一个细胞沐浴在春光中，云为你灿烂，鸟为你欢歌！你听见种子出土的声音，小草长高的声音，花开的声音。

我在春天里任性，我被幻想宠坏了！许多快乐的小河，在我的血管里流淌。我的呼吸如风，我是在黎明鸣叫的一只鸟。我看见露水才看见的微笑，我俯身看花，我的金边兰像彩带，系着我的爱恋！我移动我的花草，像调整我的诗行。我拥有梦的天空，那一片云或那一片树叶，让我享受淡绿的夜晚。

春来多日，我淋了春雨浴了春光吮了春风，我看到一些只有春天才有的景色，但我还没去漫山遍野的花的世界中去饱览春色。沐浴在春光中，心总会起波澜。每个季节都有自己的符号，春天的符号实在太多。花草树木多姿多彩，都是春天的符号。有谁赏尽了春花万种？就算你远足，置身花的海洋，你看到的仍很少。我叫得出名字的花很少，花的形状如美女的模样实在太多。任何一个词语，比如嫩黄、橙黄、鲜红等来讲花的颜色都不适合，讲出来都让花容失色。语言在春色面前也失色。

有人把你吹成气球飘在天上，为你高呼，把你膜拜，你越飘越高了。你崇高或伟大去吧，我愿意卑微或渺小。我不好也不坏，我只做好我自己。我不想做高僧，不要那身袈裟。我不会改变自己，像狗像其他动物。我真实地活着。

那天，朋友的母亲九十寿诞，我去喝酒。母亲慈祥，羞答答地坐着，十九岁的样子，头上戴了顶花帽。几个小伢要和她照相，我也和母亲照相。母亲还有个小弟弟只有八十五岁，白天种田种菜喂鸡喂鸭，晚上喝半斤酒，一觉到天明。母亲还有个亲家九十三岁，八十二岁时娶了个四十二岁的女子，他想活到一百二十三岁。我突然来了精神，敬她们每人一杯酒。我不敢讲老了，我得好好活着。

儿童节，我想变成儿童，让人生从头再来。可我变不回去了。那我祝福吧。男孩，你长成真汉子，莫戴耳环莫涂口红莫学娘娘腔。女孩，你长成真佳人，扎辫子吊坠子穿裙子，你可花枝招展，只莫做女汉子。不只对零食感兴趣，不只对电子产品感兴趣，不只对老师布置的作业感兴趣，不被牵着鼻子去补课，你还要去爱山爱水爱花草树木爱日月星辰。尤其要爱各种动物，你要去玩耍去运动，去想昨天到哪里去了，明天在何处。总之，你要有自己的思想，不要让脑袋变摆设，装成正人君子。你长大了，与心爱的人结婚，生一群可爱的孩子。不要那多房子那多车子，那多票子那多本子。你不得不放弃一些东西时，不要放弃童心。即使世界如何晦暗，你不要猥琐不要下贱。

我想做素食者，不喝酒不吃肉不吃太多的食物。我随心所欲地吃，就自我膨胀，像庙宇的菩萨，那我生不如死。那天早晨我起来，想起了那些死去的人，他们争先恐后跑到我眼前，我叫不出他们的名字了。他们完成了生老病死，完成了今世，谢幕了，我还要演戏。

我想对你表白，像绿叶对花表白。我想让你成为我呵护的小女人，像山和水那样相依，我们没有距离。你是空气，我呼吸着你的气息入梦。一轮皎洁的月亮装点夜空，你装点了我的梦。我独坐窗前想幻化成何物，能与你在夜色里相拥！

其实，有人背后讲你，你应该高兴才是。比你强的人，眼中有你吗？会在意你吗？他的世界根本没有你。讲你的人，才关注你，才在乎你，你要感谢他才对。如果他贬损你，那是他觉得你比他高大，比他优秀，于是他嫉妒。所以，你只管走自己的路，有朝一日，你变得更高，像一座山立于他面前，他就只有仰视了。谁敢藐视高山？谁敢贬损日月星辰呢？

我想把以前的某些习惯改变，抑或是短暂的改变，按某种大我意识去生活。我给自己注入一种精神罂粟，祈求那种腾云驾雾的境界到来。遗憾的是那种感觉一直没有，有几次好像来神了，稍纵即逝，留下更多失落。某种想法，一旦产生，就难以改变。今天对自己说：算了吧，那种生活不是我能享受的。即使潇洒一回，也不行，会有意想不到的苦果，相当于饮鸩止渴。我警觉起来了，好像睡觉，突然听到一声"鬼"叫后，睡意全消。我回归到那个心态平和，不愠不躁的我。

我不喜欢冬天，冬天也是要来的。我喜欢冬天，我的冬天里就有春天。北风叫得凶，好像我小时犯了事，母亲骂我的声音。其实，那是一种情。有树在冬天长出绿叶，有花在冬天盛开。如果你是梅花，那你就对雪开吧。

喜欢夜色的人，是喜欢夜色的宁静、舒缓、宽厚、包容。夜色对现实进行粉饰，像雪花对天地净化，那些坎坎坷坷、大大小小、高高矮矮没有多少分别，这种时空，最适合人思考。夜色中散步，是一种很好的独处方式，也是一种极致的精神享受。走着走着，好像是别人在行走，你专心想着自己的心思。如果人醒着可以做梦，那夜色中散步最适合做梦。这时，你对其他人或物，统统视而不见，或视为影子。夜是由影子构成的，再辉煌的东西都是影子，看得见的是影子，看不见的也是影子。夜色如水，影子如鱼。你的思想也是影子，它穿越时空，寻找隐匿的星辰。

她属于那个特定的时空，刚好与你有刹那的遇见。你仰视，看到一种圣洁的画面，你想与她长久对视，期望她能感受到你的近乎信徒对宗主的狂热。那朵云，永远消散了，像昨日之昨日那样消散了。假如时间倒流，那朵云再在你的头顶出现，你也许视而不见，你没有此时的心境了。你只要朝它笑了，就够了，再瑰丽的云也会消失，再乌黑的云也不会长久。也许天空会飘来一朵你喜欢的云。

人间五月天，树木的旧叶快褪尽了，新叶蓬蓬勃勃。初春时节的绿，是点点滴滴的，像刚出生的婴儿，现在正是青春年华了。太阳下，树冠是嫩黄的，每片叶子都吸收着阳光，舒展身姿，像一个个小山头，是严严实实的绿，热情洋溢的绿。与初春时节相比，我更喜欢看五月的花草树木，这是它们一年中成长的高峰，是最盛的生命状态，这种状态会持续一段时间，绿叶由嫩黄到碧绿再到墨绿，最终定格在墨绿。秋天天干地燥，树叶微微干缩，甚至卷起边儿，便开始凋谢了。

鹦鹉

晚上值班。八点，办公室十分安静。突然，窗户外面传"啾啾"的叫声，一阵接一阵。起初我并没有在意。

上午下了一阵雪，路面上的雪融了，树叶上草尖上还有残雪。冬天早晨，我是听到鸟叫的，那是早起的鸟。这么冷的天，又是在晚上，会有鸟叫？夜鸟归巢了，这是什么声音呢？

我想继续看书，却被这清脆的叫声吸引着，这分明是鸟的声音，可鸟在何处呢？室内没有，室外看不见。我有些心不在焉，因为那鸟一直在叫。我打开前门，看看走廊护栏，没有发现鸟。这时，又闻啾啾声，是从窗外传过来的！窗户玻璃可以横向推开，我还只推开一半，就看见了有鸟栖落窗台。它也看见我了，它停止了"歌唱"，用那秀气的小嘴不停地啄着窗沿，呀，它是要进来呢！我伸出手想要抓住它，它居然顺着我的衣袖爬到了手臂上，一点不怕人！这个胖乎乎的小家伙，一身绒毛黄棕相间，收拢的翅膀上的羽毛像一片片闪光的鱼鳞，头上竖起的那一小撮毛发格外引人注目，让人想起有些明星搞笑的发型。它站在我手上，它又开始了"演唱"。渴了？我拿起杯子想给它喂点水，突然想起这是鸟，赶紧从同事桌上拧下一个矿泉水瓶盖倒满水，可是人家根本就不稀罕！

也许是饿了吧，把它带到小卖部，还没拿面包呢，它居然扑棱着翅膀飞到了一个学生的帽子上！奇特的是，这下它安静了。"呼啦啦"一群学生围上来，品头论足，议论纷纷。这家伙似乎挺享受这待遇，我想把它拿下来，它居然扭头反嘴就朝我的手啄过来！围观的同学哈哈大笑，戴帽子的同学战战兢兢。我在货架上拿了个面包，好不容易把它给引下来，准备带回办公室时，它又扑棱着翅膀飞到了走廊上另一个学生的帽子上！看来这鸟对帽子是情有独钟啊！我带它回办公室后，闻讯而来的罗老师看到它脱口而出："凤头鹦鹉！"这时才发现它的脚上还有个脚环，是家养的无疑了。它的主人应该喜欢戴着帽子吧，它那样喜欢帽子。我眼前闪现着它与主人嬉戏的场景，它在主人身边飞舞着，最终站立在主人的帽子上"唱歌"。

没有见到凤头鹦鹉，主人肯定很着急的。它是聪明的鸟，该知道回家的路吧。虽然有点不舍，我还是把门窗打开，想让它回家，可是，它没有半点要走的意思，扑棱着翅膀从这飞到那，从东唱到西，好不快活！它是不愿飞回主人身边去吗？我想到了街头那些贼头贼脑的流浪狗，它们之前也是有身份的，与主人失联了，它们的命运就惨了。这种鸟与人生活惯了，它可能是一个离家出走的"小孩"，我怎么帮它找到主人呢。我想到了万能的朋友圈，于是，我为它拍了照，发到微信上，请好心人转发，帮它找家。

猫和狗

经常有猫把我放在楼梯间的垃圾撕开，翻寻里面的食物吃。扯得一大块地方都有垃圾。有几次，我开门，放垃圾袋，发现猫的眼睛发绿。猫盯着的是我手中的垃圾袋。它一点也不怕人，站着不动。我朝它吼几声，它掉头快速走下几级台阶，走到一个自认为安全的位置，不走了，然后，扭头望着我。它实在是饿了。

这种猫，最开始，应该是被人养着的，后来，因种种原因，就成了流浪猫。要生存，总要吃东西。小区经常投放鼠药，老鼠基本绝迹。就算看见老鼠，这种猫，是否逮到，是个疑问。保洁员每天把各楼层的垃圾袋提到楼前的垃圾桶里。垃圾桶有一米多高，上面有盖，猫是无法爬进去觅食的。也有业主带下垃圾袋，随手丢在桶边，但不久，便被保洁员捡入桶中了。猫们，只能上楼从垃圾的源头找食物了。

有时，在楼梯间看见几只猫穿梭，它们以小区为故乡，不再流浪了。

冬末初春时节，半夜三更，常被猫那种凄厉的，让人毛骨悚然的嚎叫惊醒。一阵嚎叫后，又听到猫撕咬的声音。这是嚎春，猫发情了。猫在这里繁衍生息。

小区的猫多，白猫、黑猫、杂色猫都有。花坛边，树下，有些响动，一看便是猫。好像是在觅食，好像是散步，毛发溜光，双目贼亮，走动缓慢，若遇小孩追逐，它们一下爬到树杈上去了。

小区还有狗，大都是有主的，它们出来的时候，都有绳链牵着。也有自由跑动的，但它的主人手里拿着链子，甚至还拿着棍子，时不时吆喝着跑开的狗。这些狗，没有自由之身，但衣食无忧，冬天还有衣穿，病了还可到宠物医院去住院。

小区也来过流浪狗，应该也是被主子遗弃的狗，一身泥污，毛发打结，可怜兮兮。它到垃圾桶周围寻食，希望常落空。狗从不上楼来觅食。保安见了流浪狗，拿起石块，打狗。它们夹着尾巴逃，乱跑。流浪狗，难以在小区安身。每每看见这些猫或狗，总为它们的命运担忧。在食物链上，它们在人的下端，以人的垃圾为食。这个链子随时可能掉。这些猫或狗，也许，它们一方面流浪，一方面在等待主人的召唤，做着回家的梦。

鸟

我小时见得多的是麻雀、喜鹊、乌鸦、斑鸠、鸽子、鹞鹰等。现在，我回家乡，看不见这些鸟了。鸟雀还是很多，都是新生代，我叫不出它们的名字。

小区绿化好，引来诸多鸟雀栖居。不知道是些什么鸟，与记忆中的鸟对不上号。小区的鸟，并不完全高高在上，经常下到地面。在树下草丛花坛边，我常看见鸟。我逗它玩，望着它走近它，它望我一下，不理人，低头啄食。待我走得很近，它飞一小段距离，意思是：你来呀，跟我玩。好吧，我突然起跑，想抓住鸟，鸟飞到另一棵树下去了。我断定这是一只雏鸟，飞不高飞不远，又去追，想抓住它。鸟啾的一声，飞到树上去了。

那次，我蹲下来，看一只在花坛边觅食的鸟。这是只嘴巴黄色，头白色，羽毛全黑，尾翼修长的鸟。它似乎没有注意我，一直在啄地上的泥巴，啄一下，摔一下头，跳动一下，我盘腿走近它，想与它面对面。它发现我了，看我一下，飞走了，它对人还是心存恐惧的。

有时，听到鸟就在树上叫，树叶满枝，树冠如山，看不见鸟。走过这树，前面那树，树叶在动，树枝在摇，也有鸟叫，似乎是同一鸟在叫，也看不见。

有一回，我在书房看书时听到鸟声。一只鸟飞进阳台了。妻子在阳台上种了许多花，大盆小盆，几乎把阳台摆满了。想不到，这些花招来了鸟。鸟是怎么知道我家阳台上种了花的呢？这是一只普通的小鸟，我叫不出它名字。鸟叫着，从一盆花跳到另一盆花，啄花啄叶。鸟没发现我，最后，鸟跳到了妻子晒的豆角、辣椒上。我"嘭"地一声，鸟反应快，一下就飞走了。

那次以后，再没看见鸟飞来了。

小区鸟多，我感知鸟的存在，主要是通过鸟声。白天，人多车多，杂七杂八的声音多，鸟声常被这些声音遮盖了。夏季晚上短，白天长，早晨三四点，天就蒙蒙亮了。我一醒，便听到鸟声。本想起床，不起了，我想舒适地躺着，听这般清脆悠扬的、此起彼伏的鸟声。听着，听着，有时竟然蒙蒙眬眬睡着了，做鸟梦，梦见自己变成鸟，可就是飞不起来，我从树上纵身一跳，结果把自己吓醒了。

有一天，凌晨四点不到，我就醒了，再也睡不着了，我干脆起来。平日醒来即闻鸟声，鸟是什么时候开叫的呢？这时，鸟还没叫。我坐书案前，等待第一声鸟鸣，像等待一个时代来临。车声不舍昼夜地响，我对这种声音早已麻木了。室外有光，那是路灯，街灯的光，这些远远近近的光连成一体，让夜色变得苍白。黎明静悄悄，不久，那种苍白的光消散了，代之一种柔和的微明。这时，我听到第一声鸟叫了。我来到阳台，望向天地，那些灯依旧，但它们的光被晨曦盖住了。天空浅蓝，茫茫然别有深意。鸟叫得欢了，好像是从那山上传来，又像从天上传来的。

到了秋末冬初，知了噤声了，青蛙钻入泥洞冬眠了。鸟，依然鸣叫。严冬时节，尤其是冰天雪地之时，鸟叫得迟了。冬天，尤其是下雪时，睡在温暖的被窝里，窗外雪花飞舞，这时听到鸟叫三两声，那种感觉，无法言语。

小区的树

　　小区所在位置比它北边的楼盘略微低些，一些人就说这里风水不好。如果风水就是字面上的意思，我认为小区风水独好。小区坐北朝南，东侧是宽敞的韶山路，西侧是一个绿树掩映的老社区。正前方，地势平坦，视野开阔，一条宽敞的马路横过。小区南边有一小山，虽小，也够意思。一条石路从东头上来，翻过山顶，蜿蜒到西边脚下。山上是原生态的植被，树高且密，春末夏初，从稍微远的地方望山，一山碧绿，严严实实。山顶有一亭阁。夏季，外面炽热，山中荫凉，是纳凉的好地方。在小区人心中，这是一座大山，大家潜意识里把它加长了加高了。

　　小区，属早期开发的商品楼盘，那时开发商没有现在的开发商精打细算，栋与栋之间留有充足的距离，还留有其他许多空地。每栋前后空地以及路边都栽了树。短短十几年，好多树就有一两层楼高了。除了靠围墙那条大路只一边有树，其余路的两边都有树，很多路段，两边树的顶部交汇在一起，形成一个绿色隧道。在小区散步，有置身森林之感。

　　数量最多的树是樟树。樟树枝叶繁茂，树冠特别大。最高的树是樟树，楼盘开发前就长在那里了。桂花树，每栋前后都栽了。桂花树四季常青，树并不粗壮，枝丫多，叶子比一般树叶都大。桂花树，秋冬两季各开花一次。秋季开花的时间长些，初冬那次就短了，花也稀疏些。小小桂花长在叶子和枝的相连处，探头探脑的样子十分可爱。每到桂花飘香时节，绕桂花树散步的人像赶集。这种花香比任何昂贵的香水都好闻。

小区有几株樱花树，樱花树与桂花树高矮差不多，形状有异。桂花树枝丫粗，有些弯曲，樱花树枝细，大都笔直。桂花的叶大，樱花的叶小。樱花开时，只见花，不见叶，桂花开时，乍看全是叶，细看尽是花。樱花是大家闺秀，桂花是小家碧玉。樱花开时，风情万种。桂花开时，闭月羞花。樱花，艳丽不香，桂花芬芳四溢。樱花开时，在春季，此时，好多花争相开放。樱花是大众情人，欣赏它的人多。我喜欢小巧的桂花。

小区有一棵树，最怪异，不知树名。我住小区十几年了，它就好像一点儿没长大。细长的主干上，分出更细的三枝，一些小枝从这三枝上分出。大半时间，它光索索的。那些定格空中的枝丫，黑褐色，呈枯槁之态，看不出生命迹象。奇怪的是，初春时节，它比周围的树更快感受到春意。春寒料峭时节，枯枝上部就密密匝匝长出尖尖点点。其他树似乎在冬季，无半点春色。这些尖尖点点，不是叶子，而是小小花苞。几天后，每一细枝像个花梆子，缀满密密麻麻的花。花瓣白中现蓝，花蕊是白色的，花姿没有樱花那样舒展，比桂花大气多了。它花满枝头的时候，周围的树才长出嫩黄的小叶。花谢，树就长叶了。花谢与叶出相隔很短，我真怀疑这些叶子是花变来的。现在正值夏季，叶已定形，长足了色。夏末，它就开始掉叶，秋天，几场冷雨后，它便裸身了。

小区大道边栽有许多松树，树身高大。主干两三米的位置才长出枝丫。松树许多根，裸露在外。这些根用一种难以想象的力紧紧抓着泥土，也许这些根下面还有看不见的大根，这些根通力合作，树才这么粗壮，才屹立不倒。这些树一两层楼高了，上部枝丫斜刺空中，夏季烈日当头，树下是阴凉世界。

青蛙

　　小时候，我钓鱼摸虾，抓鸟捉蛇，还捉青蛙。我和同伴捉青蛙，纯是玩，与若干年后靠捉青蛙赚钱的人是不同的。青蛙个个是跳水能手，也是潜水员，你刚下手，它空中一跃，划一道弧线，跳到水中去了。一会儿，从更远处的水中冒出来。我们捉到青蛙后，用一根细线系住它一只脚，然后，牵着线，青蛙往前跳，我们跟着走。青蛙受到牵扯，便腾起跳跃，这正是我们希望的。青蛙蹦跳，我们跟着手舞足蹈。青蛙累了，我们就放了它，又去捉新的。那年代，坝里鱼虾多，树上麻雀多，田中青蛙多。

　　我们也钓青蛙。砍一根毛竹，削掉枝叶，顶端系一根尼龙线，线尾系一个棉花团，钓竿就成了。躲在树下，把杆伸出去，让线团在青蛙前慢慢动，青蛙以为是虫子，跳起吃，这时你起杆，往篓子里放就是。钓青蛙，必须注意：一、伸杆时不能让青蛙看见；二、它刚咬上就要起杆。青蛙以为面前跳动的是虫子，发现不是虫子，就会松口。它刚好衔住时，扯线，它误以为虫子要跑，就用力衔紧，结果上当了。我和同伴用一些碎砖在树下砌小屋藏青蛙。屋顶是一块烂板子，正前，留一个出口，门是一块较完整的窑砖。掀开屋顶，倒入青蛙。头天藏了青蛙，第二天便急乎乎掀盖屋顶去看。发现青蛙少了许多，猜想它们是从缺口或缝隙处爬走了。我们到附近田中挖一些稀泥把缺口处塞满，又去捉些青蛙放里面。过天再看，青蛙还是少了。某天，我揭开屋顶，大叫一声，跑开了。我发现屋洞里盘着一条大花蛇。那时，我才知道，蛇是吃青蛙的。

小区楼下，有个小水池，能看清水底的沉渣，水一般是黄绿色。水面上常漂些树叶。里面养了金鱼。立春后，某个早晨，我听见几声哇鸣。之后，每天都听到。晚边散步时，我特意在池边蹀躞，想看看青蛙，从没有看到过一次。我十分纳闷，这池底及四周全是水泥筑成的，青蛙藏在哪里呢？

根据声音，可以判断：楼下青蛙数量不多。一只蛙，叫两声，常停顿一会儿，才有另一蛙叫。我甚至怀疑是同一只蛙叫，叫几声，歇一会儿。有时，明显感到是几只青蛙叫。有的，像雄鸡叫，只是没有拖那么长的尾音；有的，像孵鸡婆叫，发出咯咯声；有的，像人的饱嗝声。很多时候像男孩刚变调的声音。春来多日，我一直没有看到青蛙。不知道这些青蛙，最开始是怎么来的。它们幸存下来，已经是奇迹了。

这些鸣叫的青蛙是怀春产卵。池底有好多黑沙一样的沉积物，那是青蛙产的卵。那些黑沙团，越来越膨胀，外围有许多粉末似的东西在浮动，那是幼小的蝌蚪，过几天再看，满池都是小逗号了。它们缓缓地游动，扭动着细腰。当小不点儿变成小逗号，就被小朋友发现了，他们嚷着要。于是，大人带着小孩，拿一个塑料桶，用一个小网兜到池中网小蝌蚪。那段时间，尤其晚边，水池边站满了人。大人捞，小人看，像热闹的街市。池里的蝌蚪少之又少了。我想，这些产卵的青蛙应该是去年幸存下来的。今年，有多少幸存者呢？

家乡的青蛙，生活在田里。青蛙吃虫，那时青蛙多，估计是因为虫子多。虫子多，是因为没有大量使用农药。割禾时，有许多飞蛾飞向还未割倒的谷穗。最后那几手禾，上面的蛾子比谷粒多。泥水之上有一层虫虫乸乸，是从禾穗上掉下来的。它们往你脚上爬，身上飞，脸上贴。这些大都是青蛙的美食。青蛙从这丘田跳入那丘田，或从田里跃入塘里，发出"呼"的一声闷响。

春夏之交的夜晚，整个田野村庄像在开演唱会。青蛙声，蟋蟀声，蝈蝈声，还有许许多多如丝如缕的声音，这些声音交织一起，成为一种最具生命力的乐音。青蛙是主唱，蛙声洪亮，乍听只闻蛙声，其他的声音好像是草长的声音花开的声音，是从田地从水面上飘过来的风。家乡的青蛙丰衣足食，自由自在，叫起来气吞山河。

在这样的夜晚散步，听天籁之声，是多么惬意的事。我听过音乐会，那些由各种乐器弹拨出来的音节，像庙堂之音不可捉摸。这些虫鱼鸟兽的声音，是直抵心灵的，不需费神，就可以懂的。好比喝了甘泉，那种清冽，我们可以直接体味到。我的童年就是在这样的天籁之音中度过的。作业几下就完成了，甚至懒得做，父母也不管。我和伙伴们晚上一起疯，捉萤火虫，捉迷藏，玩狼吃羊的游戏，或者一帮人扮美国一帮人扮中国打仗。

现在回乡，听不到那种交响乐了。青蛙少了，很多田地荒废了，坝塘淤塞了。青蛙是要戏水的，自然少了许多领地。

清明回乡，我没看见青蛙，我没有特别去留意，可能在某个草丛里，还是有的。绝大多数的田不见水，稀稀落落长些杂草，也没看到飞蛾虫乸，青蛙的栖息地和食物链被破坏了。青蛙已是濒危物种了，我想听起蛙声一片，只能是梦里水乡了。

书签

　　我每年要逛几次书店，买些新书。买了书，得闲就要读，书签是不可少的。

　　初春时节，我总要捡些刚刚落下的叶子。每种树的叶子都捡些，用盒子藏着。这些叶子形态各异，我就用它们做书签。尽管许多枝叶伸手可及，我还是不去扯。我知道这些熬过冬的叶子，会在春天全部落下，只是早晚的问题，但叶没掉，说明它的使命还没完成。

　　春天的新叶，肯定是不能做书签的。它没长足，水分特多，干后变形严重。新叶到夏天长到头了，颜色逐渐变成墨绿。这时，也不适合作书签。夏季气温高，叶子摘回来不几天，就干枯，往书中一夹，便碎成几片。

　　秋天，天干地燥，风吹雨打，树木开始落叶。这时的叶子，所含水分仍不少，捡回来，阴干，叶子拱起，显然做不了书签。秋天没掉的叶子，大半是要过冬的。冬天的叶子和秋天的差不多，易变形折损，不适合做书签。

初春时节，新叶渐长，此时，老叶的干湿正合适。如果落到地上久了，又是淋雨又是晒太阳，叶已经腐烂了。要捡，就捡刚刚落下的。经过四季风雨的洗练，这些叶子变得柔软光洁，折不断捏不烂，放在盒子里，不变形，花纹痕迹清晰，好像是刻上去的。即使有点儿拱起的叶子，夹到书中后变得平平展展，不烂不碎。

我藏书不多，但每本书里都夹有许多叶子。一本书，要分若干次才读完，读到某页夹上一叶，下次就从这里接着读。觉得特别好的语句，标记一下，也夹一片叶子。一本书读完，就有许多叶子了。过一段时间，想起某书某句话时，只要翻看有叶子的地方就可以找到。

我的书，家人要看，是可以的，但要保证不动书签、不掉书签，还要由我来取。我先把书慢慢移出，再双手分别从上下两头捏紧书，主要是怕叶子掉。

一两年后，我会用刚捡到的落叶更换书签。这些叶子不换不会烂，主要是想找个机会，重新浏览一下读过的书，算故地重游吧。

今年立春二十几天了，我捡了许多叶子，书签也都换成新的了。这些叶子经过春雨的洗涤，干干净净。正中间都有一条笔直的筋骨，两侧有许多枝条似的脉络，看起来，像一棵树。其实，这些叶子是树写给大地的文字，叶子夹在书中，书也成了树。我读书时，就好像走进树林，身心如洗。

买椟还珠

买椟还珠，这个成语出自战国末期韩非子的《韩非子·外储说左上》："楚人有卖其珠于郑者，为木兰之柜，薰以桂、椒，缀以珠玉，饰以玫瑰，辑以翡翠。郑人买其椟而还其珠。此可谓善卖椟矣，未可谓善鬻珠也。"指一个人没有眼力，不懂得取舍，或指一个人只重外在的艳丽而忽视内在的品质。

假如这木兰之柜里藏的不是珍珠而是沙子，或者是假冒伪劣的珍珠，我们就会称赞郑人有眼力，会识货，懂取舍。只要看出匣内的珍珠是假货，谁都会"买其椟而还其珠"也可能椟也不买。

都说"人心不古"，那时候，造假应该没现在这样普遍。"椟"中装的是真珍珠。郑人不识货，不懂孰轻孰重，所以被人贬损嘲笑。郑人要是生在当代，想必就没有多少人贬损他了。现在很多商品，外面的包装十分好看，可以作为艺术品收藏，但打开一看，却大失所望。可见今之"郑人"，"买其椟而还其珠"就是上策。

细细一想，讲郑人不识货也是不对的。他懂"椟"的奢华艳丽，他喜欢这种明艳，他不去关注也不在乎珍珠之真假。在现实生活中，这种人太多了。他们喜欢外在的光鲜，喜欢花架子，喜欢空中楼阁。有人喜欢就有人投其所好。排场摆得轰轰烈烈，你就是能人，你的工作就做得好，至于你内在的品质如何，你的"干货"有多少，没有多少人会去深究细察。因此，社会上有许多金玉其外败絮其中的人，就司空见惯了。

书市和菜市

　　家里来了客人，妻子常要我去买菜。荤菜素菜都要买，她口授一串菜单，要我记住。菜市是一条小巷，两边都是菜店，每个门店上的雨棚都伸向街心抢占领空。抢到领空，就抢到了领地。店家在领地搭起了矮矮的夹板，摆满了各式各样的菜。菜摆到路中，更吸引路人的目光，菜就销得更快。我每次去买菜，像一个闲人似的，从这头看到那头，那头看到这头。有的人，也如我在看，也有人在挑挑选选。我走了几个来回，还没买一样菜，心里一下急了。开始买菜了！这样看看，不中意，又看看那样，也不中意。好不容易买了几样。妻子交代买的菜还有很多没买。心里更急了，越急，眼越花，所有菜看起来都是一样，最后，我不管贵贱好歹，抓到篮里便是菜。满载而归，本以为会得到妻子的表扬，反得到一顿数落。有几个菜没买，比如辣椒、葱、姜、蒜，叶子菜又重复买多了。伴肉炒的干菜没买。有些蔫头耷脑的菜，估计是店家昨天未卖完的，被我幸运捞回家了。更有甚者，我还买回许多浸泡了脏水的菜，或打了农药的菜（这些菜在这种天气易生虫，而叶子上没有虫眼，肯定喷洒了药)。

早晨的菜市最为丰富。到了中午,还没卖出去的菜,自然贬值,只可贱卖了。到了晚上,还没卖出的菜,好多当垃圾倒掉了。我曾看见收摊之后的菜市。店前丢弃着许多菜身,有些缺胳膊少腿,有些被踩得面目全非,像屎团,到处都是,好像这里刚经过一场劫难。

菜市品种多,但良莠不齐,买菜要有学问,要有眼光,才可挑选到污染少的新鲜菜。现在的书市也空前繁荣,很多书像转基因品种,样子诱人,读之无味;有些书粗制滥造,空洞也雷同,像那些施多了化学肥疯长起来的菜。

我到书市去买书,买什么书,我心中有数。但步入书市,我有茫然感。层层叠叠的书,我要的书在哪里?我按图索骥找到了我要的书所在的摊位,同类的书何其多也。就像同是叶子菜,种类繁多,我拿不定主意,于是,来回走动,有所思或无所思,漫无目的。走了一阵,突然意识到我是来买书的,于是,急急乎乎买几本,看起来差不多。这不与我买菜一样吗?我买回的书,得闲细读时,发现不合我的口味,但买回来了,又退不了。菜买回来了,也是退不了。我买回的书,有些,我估计可能再也不会看了,但我花了钱,舍不得丢,就把它们束之高阁。我的书橱有限,又经常买书,放不下,只能堆放。有时,要查看自己看过的某书中的资料,要花费很多时间才找到。于是,我定期清理门户,把一些不感兴趣的书或认为是肤浅媚俗的书拿出来当废品卖了。

书被当成废品卖掉,当成垃圾扔掉,当成落叶烧掉,这到底是书之过,还是人之过?我想,书是无辜的,就像父母生下一个残疾孩子,能怪孩子吗?

人间五月天

昨天，下了雨，地面湿漉漉的。五月，介于春与夏之间，亦春亦夏。雨，一阵阵哗哗啦啦如夏雨，一阵阵淅淅沥沥如春雨。

今早又下雨，是那种疾风骤雨，风呼呼，雨哗哗，天色阴暗。在家听雨，倒十分惬意。这几天，气温升高，下雨变凉爽了。天地有雨声，其他杂七杂八的声音就少了许多。世间好像纯粹些，也似乎宁静些。这些风声雨声，好像与自己心脉跳动的声音一致，是自己发出的声音。不久，雨停了，太阳出来了。

天气时雨时晴，雨多晴少。不雨不晴就起雾，像冬秋时节的雾。天是蒙蒙的，低低的，许多高楼穿入雾中，好像是撑天的柱子。那些较矮的楼，被雾压着，变得更低矮了。平日受阳光的照射，这些高楼颜色亮，外墙的玻璃镜面熠熠生辉。雾中，那种光鲜褪尽了，暮气沉沉。

雾，不知什么时候散了，阴天，四周辽阔。铅灰的云覆盖在青黑的天底上，没有盖严，很多地方又显出些青黑的底色。灰云是大块大块的，那些青云变化着像丝巾像云烟。

过了一阵，乌云唱主角了。这时天底变乌黑，黑云像一团团的烟雾，像一座座山峰，像溪水，像奔腾的激流向前方疾驶。突然，跑到前方的黑云被什么堵住了，它们像被洪水一样膨胀漫溢，只一会儿，天空都是乌紫的，且越来越黑。雨，铆足了劲，要来一场激情的宣泄了。

　　我以为会下雨的时候，起风了，风刮得大，把那些叶子纸片吹到空中。天明亮起来，天地变得空旷。天上蓝云和白云交织，千姿百态。白云是主角，它们像小小岛屿浸没在蓝色的海洋中。太阳出来了，温度陡然升高许多。春末的太阳，已接正夏日的骄阳了。

　　没有任何征兆，天下起了雨。开始，雨点粗且稀，慢慢就密集了。地面上发出噼里啪啦的响声。但，天上白云朵朵，阳光灿烂，高处无雨的影子，接近地面的地方，雨一线一线，像闪亮的带子。这是太阳雨，很快停了，太阳出来了。

第四辑　生日之花

　　我随太阳放下的爱，又随夜色踏入你房间，你每一声呼吸，都是我的心曲。要是天和地可以送人，我就把这世界送你。但你会拒收，你有你的天你的地。你从三月款款走来，像盛开的玫瑰，我为你歌唱。你似春风一般明媚，阳光一样灿烂，宛若水池里洁白的莲花。

爱心

　　自从小孩放暑假回家，妻子常炖骨头汤给她吃。当然，汤中要加其他食料，比如萝卜或海带或山药或湖藕等。吃饭时，先每人盛一碗。那天中饭后，小孩把所有吃过的骨头，还有碗中未吃的几块，都放入一个塑料袋里打包。我感到奇怪，问她怎么回事。

　　她练车的地方有两只小狗，估计是与主人失联的狗，大小差不多。一只麻棕色，另一只花白色，早几天来在这里安家。前天，她在室内练车。下车时，这两只小狗跑来了。她从小怕狗，她站着不动。小狗是从大门口跑过来的。它们一前一后绕着她转，尾巴摇着，麻狗跳起来，花狗咬她鞋子。看得出小狗没有丝毫的恶意，纯是逗她玩。小孩于是蹲下来跟小狗玩。她伸手，小狗同时跳起来舔她的手。她摸麻狗的背，花狗立即跑过来了。它们在地上打滚，在她身边跳来蹦出。她往外走，两只小狗跟着。室外是一个练车坪，走到坪的边缘，两小狗不走了，并排站着，望着她走开，用目光说再见。

　　昨天，小孩上午十一点练车。来时草坪上有两个人在练。她仍然安排在室内练。进来时，她没有看见狗。当时，两只小狗在另一处玩耍。她练完车走出大门时，听见狗在办公室里叫。她看见教练在吃盒饭，两只狗正在抢吃地上的一块骨头。麻狗刚好衔住，又被花狗抢走了。麻狗去追，花狗满屋子打转，骨头掉了。麻狗蹿上去咬住。这时，一个教练又丢了一根鱼刺到花狗面前，才各吃各的。

听了小孩讲述，我知道骨头是给小狗吃的，她今天下午练车，到时带走。

我问："还带点饭去不？"小孩说："教练把剩饭倒给它们吃，够小狗吃了。"

上班时，家务我做得少。暑假，我自告奋勇每天买菜。那天晚上妻子对我说："小孩讲她特别喜欢喝汤，以后每天都买点筒子骨或排骨。"我说："没问题。"我知道小孩并不是真的特别喜欢喝排骨汤，她嫌汤里油太多，她主要是想要那些骨头。

妻子换着花样煨汤，至于那几块骨头，原来是这样分工的。没多少肉的，小孩吃，她吸骨孔里的汁。精肉为主的骨头，妻子吃。那些带着白色肥肉的骨头，就是我的特供食品。现在小孩也吃带有很多肉的骨头，吃一点儿就放桌上，那些带肥肉的，她就直接夹到桌上，劝我莫吃，她说吃肥肉对身体不好。

每次去练车，她都提一袋骨头去。有时，是练完车回来吃饭的，小孩便把骨头打包放冰箱，第二天去时带走。小孩讲，那两只小狗很懂人性。她开着车绕圈，两小狗也绕圈。我快时，它们也快，慢时也慢，我停下来，它们也停下来，坐着，前脚支地，望着车。我说："你带了那么多骨头给狗吃，狗最通人性的。"

这天，小孩是上午十一点练车，十二点多回家。奇怪的是，她匆匆吃完饭就提一塑料袋往外走。我问："送小狗吃？"她说："今天回来时，两只小狗送我走到草坪边后，不是并排站着再见，而是继续跟我走。我停住，要小狗回去，喊了几次，没用。我返回驾校，把狗带到教练办公室，里面只有教我练车的牛教练。他说："朱教练请客请吃饭，其他教练先去了，我也准备去。"那狗吃什么呢？两只小狗在办公室急匆匆闯一圈，然后，围着我打圈圈，小狗饿了。我对小狗说："别跟着，我等下送饭给你们吃。"小狗懂了，它们送我到草坪的边缘并排站着再见。

　　我说："狗饿着了，快去。"正是中午，太阳最火，阳台上的花儿蔫头耷脑。打开门，一股热浪扑来。

小姐弟

这张相片，我喜欢看，收藏了。这里面有许多东西触动我。两姐弟多亲密！

姐弟之间是有天然纽带联系着的，这纽带割不破，打不烂，揉不碎。随着时间的推移，这纽带变得比任何硬的东西还硬，又比任何软的东西还软。亲情是最坚硬的，又是最柔软的。两姐弟相差一岁多点儿。大的是姐姐，叫蒋君雅，小的是弟弟，叫蒋君昊。有姐姐的弟弟是幸福的。谁开玩笑说要抱走弟弟或做样子打弟弟，姐姐便捏着粉嫩的小拳头，用她那柔弱的身躯扑向你，喊着："我打死你！"为了弟弟，她是不顾自身安危的。她根本没有去想，她能否保护好弟弟，她出自一种天然的爱保护弟弟。

其实，她才不过两岁多一点儿，任性，顽皮，有什么事不如意，哭个难休。只是在弟弟面前，她俨然像个大人，哄弟弟，摸弟弟的脸、手，弟弟无意之中打了她，她也不哭，她用一只手擦着眼角的泪水，还对着弟弟笑。

我曾看见她拦住比她大一点儿的小哥哥，不要他走。比她大的小哥哥、小姐姐欺负她时，她先是礼让，如果对方以为她可欺，那就错了。她该出手时就出手。有一次，她妈妈逗她，把她的果冻吃了一半，她大哭，扑向妈妈，任凭妈妈如何解释，她都不买账，要一盒完整的果冻。我当时想，这小女孩，是有个性的，她知道爱别人，也知道如何爱自己。

父亲节的沉思

一

父亲节，有人发文，告诉你如何做个好父亲。有人发文，告诉你他父亲如何伟大。我是不是一个好父亲？要别人评论才算。我的父亲并不伟大，他死了，我很想他。

小孩发微信，祝我节日快乐，送我一支钢笔。我没有特别激动。假如她没有祝福，也没送我礼物，我也不会失望。我相信我和小孩之间有爱的交汇，爱常常是无声的。我父亲在世时，父亲节这天，我在心里想他，希望他活到九十岁，但我没讲出来，甚至连电话都不打，也不在这天买任何礼物，但我是爱父亲的，父亲也是爱我的。为人之父母，尽一个父母的责任。至于小孩感恩与否，那是小孩的事。话说回来，如果养出一个不知感恩的小孩，那是做父母的失败。

天下如果有难事，如何做好父母是头等难事。把子女培养好了，父母就完成了头等大事，就可以颐养天年。子女没有好的生活理念，没有找到快乐工作以及幸福生活的平台，父母想安度晚年，很难做到。子女的痛，是父母心中的痛。到底如何做父母？要靠自己去思考，去探究，以便找到最适合自己子女的教育方法。你的子女，是世界上独一无二的个体，他（她）成长的方式是独一无二的。任何子女，都可以比现在更优秀，之所以，只有今天这样，除了自身的原因，是父母的教育出了问题。另外，子女后天努力或不努力，堕落或不堕落，追本溯源，还是父母教育的问题。你只要冷静地想一想，你小孩的言行、思想意识及你自己的言行、思想意识，便会发现蛛丝马迹。我们都是凭着脑中固有的经验来爱孩子的，经验总有片面性。别人成功的经验要借鉴，用一种模式去教育肯定不行。做父母难，主要难在这里。

比如，送小孩上学，是父母的责任。但是具体如何读，小孩自己要负责。当然，父母可提醒，引导小孩把书读好。做到这些，父母尽责了，可是当小孩成绩不好时，你仍会焦躁不安，感到自己未尽到责。你会去找老师了解情况，分析孩子书没读好的原因，你会想方设法帮助小孩。这些做法好不好，我不评论。这种尽责了，以为未尽责，还想更尽责的心，是爱吗？父母肯定认为是爱。爱有时只顾眼前不顾将来。你以为爱，多半是害。你以为害，可能是一种大爱。爱得无怨无悔，不一定爱对了。父母如何爱孩子，是一门学问。

适时放手是一种大爱。让小孩学会对自己负责，对他人负责。这也是一种理智的爱。这种爱更利于培养孩子的责任心和爱心。一般人，难以意识到这点，让自己的责任和爱心过于放大，挤占了孩子自我发展的空间。"穷人的孩子早当家""懒父母教出勤孩子"，仔细想，这些话是有道理的。过多的包办，让孩子低能；过分的溺爱，让孩子愚昧。父母爱孩子的方式决定了教育的方式，一种错误的或畸形的教育会让孩子畸变。另外，我们自身的缺点对小孩的影响是潜移默化的。爱自己，完善自己也是爱孩子，完善孩子。

观察过很多家庭，父母有修养，身正行范，性格阳光，家庭气氛就和谐民主，孩子就阳光，很难有暴力倾向。父母爱读书，孩子也爱书。父母唯利是图，孩子也名利至上。父母自私，孩子自利。父母大度，孩子大气。父母有什么价值取向，孩子从小就学，到时比你还精。一个有问题的孩子，背后必有一对有更大问题的父母。你想责备孩子的地方，正是你做得不好的地方。孩子身上的任何阴影都是你的背影。你对子女施加了不好的教育，想要改正，除非再生，能做到吗？

二

父亲对小孩的爱与母亲的爱表现方式不同。

母亲易表露，父亲有泪不轻流。男人流泪，是精神支柱的倒塌。比如，看见小孩生病或受伤，母亲痛苦的情态会呈现在脸上眼中，而父亲可能只是沉默，他关注的是身体有没有大病，只要无大碍，他就放得下，也许在想，让小孩痛苦，受点折磨是有好处的，以后，更多运动以强身健体。当父亲看见孩子在一条错误的路上越走越远，跌过跤，受过欺骗伤害，仍执迷不悟，一意孤行，父亲会流泪的。

母亲重点关爱的是小孩生活方面，当然也关注小孩的学习、将来的工作等。子女的理念、情怀等主要靠父亲来培养。父亲训练孩子主动去运动，从内心深处爱学习，自己规划自己的人生，让小孩早点有这种意识：自己的事自己做；我的青春我做主；我的选择我负责，一切幸福或痛苦自己承担。

母亲的心可能比较迫切，比较现实，常常越俎代庖，想省出让孩子自己探索的过程，直接让小孩进入一种境界。这种境界也许与小孩的意愿相符，但不是他（她）自己独立走过来的，那种实现目标之后的幸福感肯定会打折。在人生最开始的几步，如果你不让他自己独立地走，以后人生历程，他会步履蹒跚，习惯于观望。小孩没有主见，不可能有属于自己的快乐人生。孩子没有主见，多半是父母造成的，父母把小孩自己做主的许多机会剥夺了。只是父母没有意识到，当意识到时，又责备孩子长不大，不懂事。

父爱母爱的终极点是相同的：让小孩享受幸福人生。让小孩有好的道德观，价值观，人生观。人可以身残，最恐怖的是心理残疾。身残，最多丧失一些生理功能，一个人思想意识有问题，就是精神残疾，人整个废了。

人的层次是由他思想层次决定的。你比山低，思想可以比山高，你比海窄，心可以比海宽。你穷，但你有思想，你对世界有期待，对自己有梦想，期待和梦想让你生活充实。你以什么方式，拥有什么样的物质，可彰显你的精神格局。人的思想层次完全可以超越他处的物质层次。所谓"铜臭"，是指思想的卑贱。铜臭，完全来自人思想的龌龊。培养孩子有骨气，有悲天悯地之心，有真我本色之情，即有精神信仰和追求，是天下做父母的天职，做父亲更应着眼于大写的人来引领培养小孩。

父母盼望子女长大，但子女再大，还是视子女为小孩，在他们小时唠叨，子女当了父母时也唠叨。父母对子女的爱总在主动一方，而子女对父母的爱常滞后。父母可以原谅儿女的任何过失，一个人什么时候做到像父母包容子女一样包容父母，他就懂得爱了。

我最快乐的时候

我爱你，你的痛在你身上生成，却快速地在我身上生长，像病毒侵入，我几乎瘫痪。我只有焦急心痛。

最开始，我一肚子火，满腔的愤怒，但想到你的痛苦，我的怒火化作了深切的怜惜。我想为你做点什么，却什么也做不了，我陷入更深的痛苦中。我心慌，心悸，心堵，我坐着，不知谁坐着，坐哪里。我从我中消失了。我到了很远的地方，在那里看见了你，又好像看不见你，但总想看见你，我像一只鸟在那里盘旋折腾，你若隐若现，好似一片落叶在空中飘浮。我在空中翻滚，我却抓不到你。你被风卷走了，我像一块石头掉下悬崖。我在崖底坐着发呆，我实际上是坐在书案前望着你的方向发呆。

我做什么都沉不下来，我只想呆坐着，像个老年痴呆。我静坐，心中默想的是你。我假设自己跪坐神前，祷告神灵让你的痛苦消失，帮你渡过难关。我如果不这样呆坐，便以为爱你不够。你在苦难中，我有什么心思欢乐？我呆坐时便觉得离神近，离你近，我和你在一起面对所有的不幸。

我对食物没兴趣。不想吃东西，也不饿。我做什么事，无心，走神，总想着你。我对周围的一切，视而不见，眼似乎瞎了。但另外长出一双眼，超越时空屏障，望着你，像星星望着你，我投下月亮的清辉，想抚平一下你心中的皱褶。我晃过神时，感到自己大病一场。

我浑身无力，走路时感到身子变重了，拖脚不起，走一步，要费很大力气，身骨承受不住，往下挫。我让自己挺住，头抬起点，胸挺直，走快点，坚持不了多久，还是委顿下来。白天，于我是黑夜一般，我看不清旁边的景色。有人打招呼，我反应过来时，已相距遥远，并且想不起是谁打招呼。有时，我回归常态了，想了许多理由，感到我不必这样折磨自己，我过自己的日子。这种心态，如过眼烟云，很快消散。我还是呆坐，想着你。

我想着你的事，设想出种种可能，并且定格在那种最坏的可能，再把那种最坏的可能，做一个详尽的推测。然后对那种事实上不可能出现但假定会出现的结果耿耿于怀。做其他事时，不经意间想到那个结果，陷于一种恐慌，绝望之中，这时，别人只要看我一眼，就知道我心不在焉。我知道，在某个节点前，你是平安的。

在那个节点前，我逼自己暂时忘却你，我方有一段时间放松，但我会关注那个节点的到来。接近那时间，我的心又是一阵阵的发悸。好像有场风暴来临，我被风暴卷到高空，六神无主，然后，像石头重重坠地，我的心往下坠。你正在经受一场没有退路的战斗，用你的生命在做赌注，我的心在流血。我把手机放在案前，我把音量调到最大。我知道，不论什么结果，你会打电话来，我要第一时间知道你的情况。我坐着，正经受着酷刑，我挣扎，可我挣不开，我不想挣扎了，我的痛苦，需要一种更大的痛苦来平衡。我不敢打电话过去？我怕知道结果。我只能坐着，想着你此刻正在做什么，你是否感应了我的牵挂？一个无关的电话响起，我毫不怀疑这是你的电话，一接，不是你的，我的失望加重了，眼前的一切宛如梦境，我似乎置身于一片荒凉之地。终于来电话了，不是最坏的那种结果。

我是你的父亲。父亲是那个把你举过肩头，想把你举到月球上去抱住月亮的那个人。父亲是那个牵着你走，你走稳了，叫你跑，你跌倒了，叫你爬起来的人。父亲是你离家时默默望着你的人。父亲是你回家时多喝一杯酒的人。我知道世上的路复杂多变，你人生之路要靠你自己摸索着走，有时走些弯路是正常的，我希望在遭遇挫折之后，能够反省，调整心态，然后步入正道，让自己心安，让关心你的人心安，让自己快乐地生活。

你快乐时，我心中不会起多大的波澜，最多起一些小小涟漪。你快乐时，我想站远点，退到某一角度，享受我的宁静。但你遭受痛苦，经历磨难，我的苦痛像火山喷发，比你感受到的痛苦还痛苦。

你不在我身边时，我给自己提许多问题，比如你在干什么呢？与同伴在散步？看树木葱茏，溪水潺潺，闻花香弥漫，鸟声如歌？你是在图书馆？我眼前立即出现一栋高楼，每一层分门别类藏着图书，都有一个大阅览室，你找老师借了书，坐在那里看书，不时做笔记，不时掩卷沉思，书中一句话一段文一种思想打动了你，你心里有一种感悟，你对自己对生活有新的认识。我最快乐的时候是你拥有一个日趋完美的精神境界。

生日之花

一

妻子生日，小孩订了蛋糕。蛋糕不大，上面像向日葵，绣满各种图案，放在玻璃转盘正中。大圆桌，就像一大花盘，蛋糕是花蕊。几个孙伢，欢呼雀跃，喊着："祝你生日快乐，吃蛋糕！"他们手里拿着叉子，盘子，跃跃欲吃了。

她同学送花来了。

有人讲"一生只向花低头"，花是烂漫于尘世的仙子，向花低头，同等于对星辰的仰望。各种各样的花，代表着各种各样的意念。我们常把那些生于现实而又被现实蹂躏的花移栽到心中，就是留存一些美的信仰。心中有花，眼中才有花，你看人看事才别有洞见。比如看见污泥，想到荷花；看到冷漠，想梅花。看到此花谢了，想到彼花盛开。我们心中会长出花来，那是我们的爱和梦，喜悦和幸福。一个人经历越多，心中的花越多，开得越艳，"桃花依旧笑春风"，人的精神或情感之花常开不败。

送花，自然时尚。花是美的，高贵的，送花人和收花人，都因花而变得美且高雅起来。这就不奇怪一些表彰会上，要给模范名人戴花；一国政要出访，走下舷梯，就有女孩献花。

同学送花来时，笑靥如花。她穿着白底起花的裙子，乌黑的长发蓬蓬松松绾成一朵花，款款纤步，人像一束移动的花。妻子今天五十岁生日，同学也应五十上下了，身材保持得好，肤色光鲜，是青春态。妻子连忙上前迎接。同学把花抱在胸前，妻子走拢时，便捧着花送给妻子。妻子，像接过一个宝贝笑逐颜开。那花，真像襁褓包裹着的婴儿。种类繁多，我都叫不出名字，由高到低，组成一个玲珑花山。有的花，由几片长而尖的叶子构成，十分清丽。有几朵，小喇叭形态，花枝修长，傲然玉立。这些花儿，花瓣疏密有异，花蕊大小有别，都绚丽多姿，显娇羞媚态。红的绿的紫的白的都有。外围，是用一张张紫色或绿色或蓝色或浅浅淡淡花花绿绿的纸一层层包裹起来的，上部有褶皱，下部收紧，中间系一根红线，像美女系着腰带一般。紧紧挨挨盛开着的花儿，是一张张天真稚嫩的笑脸，又像一个美女的头像，她穿着多彩的裙裾，纤腰一束，发髻如花，风姿绰约。

妻子抱过花，摸摸这朵，嗅嗅那朵，最后把花抱胸前，她是想把自己也变成花吧。今天生日，她特意装扮了，穿着宽松的休闲服，戴着眼镜，脸被笑容拉大了。她捧着花，与同学照相，与女儿照相，与来庆生的亲友照相，我一家子伴着花儿还照了相。她想留下这份温馨和感动。她已把这些花移植到心头去了。

当时，她眼角似乎有泪水，除了激动之外，是否也有伤感呢？有一点儿吧。花，其实不只属于春天，不只属于青春，一年四季都有花开，每一个"生日"都可以乐开花。人到了一定岁数，每一个念头，每一次恋想，每一个眼神等都可以开成一朵花。花的烂漫，与季节有关又无关，花代表了人性中的至圣至纯，至真至诚，代表了人性中永不消散的最本色的情怀。春之花谢了，有夏花开。夏之花谢了，有秋花开。秋之花谢了，有冬花开。只要你热爱生命，热爱生活，人生处处花儿开。

二

妻子生日已过。去年生日，我写过一篇短文，主要原因是她一个同学来庆生，还送了一束花。同学送花来了，妻子捧着花和亲友们合影，很开心。对妻子，我祝福不比她同学少，同学用花表达祝福，花的寓意是那样丰富，单独一枝花就可以表达很多内容，一束花有许多枝不同的花，同学的生日祝福被花释放了，丰富了。妻子从花上看到了更多美好的意念，所以，她十分高兴，笑得像花一样。

我的祝福再多，都在心中，妻子也许没有感受到，即使感受到了，也不可能全然感知。好多隐匿于深层处的爱，我自己甚至都没感觉到，何况他人呢。爱是要表达的，表达的方式越浪漫，越让对方美滋滋，回报你的爱会更多。在那篇短文中，我重点写花，送花的人如花，受花的人如花，生活如花，快乐如花，有花相伴，青春永驻。

今年，妻子生日，去年送花的同学来了，又新来了一美女同学，她俩都送了花，还送了蛋糕。自然，她们仨捧着鲜花，合照，笑靥如花。这种花容月色，我自然欣赏。生日宴结束后，我把一束花转送给侄儿，他开的店铺就在饭店旁边，妻子带回一束。现在，还在，十分暗淡了，再过两天，只能当垃圾丢了。蛋糕，当时没吃，都送人了。带回去，会浪费，我和妻子都不爱吃，她还吃一点，我一点儿都不吃。

当时，我和妻子请她俩来吃饭，特别提醒不要送什么礼物，只来吃饭，我们是真心实意的，她们是否认为我们是提醒送礼物呢？应该不是，她们送花送蛋糕，想必也是真心实意的。

每个人有自己的处世之道。有的，是外向型，形式方面的讲究多些，有的，是内敛型，本色方面追求多些，只要是发乎自我，都是对的。在生日宴上，我举杯，敬两位美女同学酒，她们不喝酒，以饮料当酒，我表示一下谢意，这是我的外在表示。我内心深处，对她们充满感激，花和蛋糕价值不菲，她们破费了，这种内在情绪，放在心里，我说："明年这天，仍然请你们来吃饭。"

后来，我又想，妻子不是七老八十，请人家来吃饭送礼，好意思吗？

生日，要不要庆祝？肯定要。怎么过呢？每个人有自己的方式，只要开心就行。不要为别人而活，也不可为别人而过生日。如果你为的是让别人觉得你生日过得有格局，而不是真正让自己身心快乐，那就失去了庆生的本意。生日是你的出生纪念日，如何过，你过得舒心开心就行。

父母在世时，我过生日，定要和父母一起过，感谢他们生我养我，我才成为我，我敬父母美酒三杯。父母死，我生日那天，心中默念他们，祝他们那边安好，然后，自斟自饮美酒三杯，我祝自己好好活着，活出人样。至于别人记不记起，祝不祝福，表不表示，都视为一样，可有可无，不以物喜不以己悲。假如生日那天，有亲朋好友，发来祝福，发来红包，送来礼物，我是不会把这些发到朋友圈的，我心存感激，以后感恩回报，发给别人看，就是虚荣显摆，说明你过生日是过给别人看。生日，我喝了酒，必要静坐书房，沉思默想，回顾以往，展望将来，总有许多感悟和希望，于是，写下来，是为生日感言。每年生日，写一篇，已有多篇了。

我以为，生日还是独处好。独处，其实是在与天地连通。

二姐

　　立秋了，天气仍热。二姐请我一家吃饭。女儿湛小贝放假了，平日不在家，二姐主要是请小孩吃饭，我和妻子作陪。

　　二姐昨晚上打电话来时，我正在打球。我讲天热，不来，等天气凉快再来。我因要打球，急急忙忙挂了电话。打球回来，快十点。小贝和她妈正坐在客厅看电视。我说："二姑娭毑明天请吃饭，你们去不去？"小贝说："二姑打电话来了，我们答应去。"她们没有征求我老大的意见，竟答应了。这几天持续高温，搞餐饭不知要流多少汗！

　　小贝，是八月三号晚上八点多回家的。蒋倚天夫妇开车去高铁站接，二姐带上两个孙伢同行。我说："出站有的士，让小贝自己搭车回。"二姐说："倚天有空，开车去接，要得。"当晚，二姐就讲明天到她家去吃饭。我说："刚回，过两天再来。"我实际是行缓兵之计，不想去，她租住的房子当晒，做饭太辛苦。第三天晚上，二姐打电话来了。我找一个借口婉拒了。以后，她打持久战，隔天，便打电话请我们去吃饭。她不像以前讲请小贝，是这样讲的："明天，你来喝口小酒不？"我们姊妹都爱喝口小酒，亲姊妹一起喝酒是件很快乐的事，我仍不为所动："天热呀，喝酒更热。"再后来，我能讲的借口越来越少了。

蒋倚天夫妇在南湖医院对面租了一个门面做生意。二姐二姐夫就同来长沙帮忙。二姐主要是后勤服务，做家务，带小孩等，一天到晚忙不赢。租住的地方，是门面旁边的一栋六层旧楼。一楼是门面，开饭馆，主要是搞夜宵。楼房左右都是高低差落的房子，房后不远处也是房子，这些房子都不高。二姐一家住东头五楼，客厅东边开有一长方形窗户，可以看到外面。前面马路边那排矮树，不能为该楼遮一丝阳光。夏天太阳盛，旁边没有高层遮挡，她家从早晒到晚，窗户关了，拉下窗帘，接近中午时，窗帘是白的，太阳像火一样在玻璃那边烤。两房一厅，卧房东西并排，东卧，客厅，厨房南北相通，但室外的风吹不进来。厨房小，一部沾满乌黑油垢的换气扇向外抽风。客厅不大，摆一张大饭桌，就没有多少空间了。

二姐家在农村建有别墅，上下两层，宽敞舒适。她住这种房子，做着繁重的家务，每天很晚才睡，任劳任怨，实乃爱心使然。为儿子？为孙子？都是。

二姐一家，是五月份搬来的，那时初夏，不太热。我和弟弟早到长沙，二姐十分重亲情，最喜亲人之间团聚。她到长沙后，有事没事，就喊一起吃饭，喊我一家，自然要喊弟一家。每次，她都弄一桌菜，吃得我们肠满胃满。酒，是必喝的。每次相聚，每人都喝得有七八分醉意，话也多起来。在这种热闹中，她感到十分快活。七月份，天热起来了。吃饭时，风扇吹，仍热。这房子不知租过多少住户了，她打开空调，空调很旧，效果不好，和没开差不多。这时，风是热的，饭菜是热的，酒是烈的，酒一口口喝下去，感到每一个器官都是热的，每一个毛孔都张开向外散热，汗水像小虫子一样满脸爬满身爬。通常，我们两家都到齐了，她还在炒菜，就要我们先吃。我们也不讲客气，就开吃。这时厨房抽油烟机轰轰地响，炉火呼呼有声，还有菜倒油锅渣渣声，噼啪声，不绝于耳，像一支火辣热舞交响曲。她做完一个菜，便往桌上端，脸上闪着汗的光亮，油烟的红晕，仍一副美滋滋的样子。

她一家到长沙三个多月，我们三姊妹聚了很多次。大多数是在她家。她比我大两岁，奔六之人了，身体不是很好。每次去吃饭，看着她手脚不停，忙这忙那，觉得过意不去。那次，在二姐处吃饭，我看见她端着一碟菜出来，头发都汗湿了，突然良心不安起来，决定后段时间不来吃饭了。

我刚洗完澡，二姐打电话来了，估计是讲吃饭的事。刚才打球，我拒绝了，并挂断了电话。二姐问："小贝，明天几点学车？"我："下午三点。"二姐："那明天来我这里吃中饭，不影响学车。"我还是想推脱一下："热，不来吧。"二姐："你们不来吃饭，我也要搞饭吃，我不搞多了菜。昨天，蒋倚天回乡，带了鸡，新鲜肉，我想趁新鲜搞得你们吃。"我说："那好吧。"家中两位美女，已答应了，我不好行使否决权了。

我们十一点半从家里出发。刚出电梯，就感到一股热浪袭来。太阳白得刺眼，把小区的树照得特别的绿。蝉躲在高树枝头聒噪，小区非常安静。我们呼叫的曹操专车到了不远处，小贝和妈妈，打着伞走前面。我眯着眼，硬着头皮，进入烈日下，像走进夏季的阵雨中。

可怜天下父母心

　　小孩外地上学。暑假近了。我和妻子商讨准备些什么好吃的。离家，只能吃食堂。食堂再好，不可能有家里好。每个假期，我和妻子都是这样想，这样做。想方设法，做好吃的，让小孩吃好点；多做好吃的，让小孩吃多点。每个假期过完，小孩还是瘦瘦精精的样子，我和妻子倒是长胖不少。小孩返校后，我和妻子就着手减肥。吃素为主，鱼和蛋，还是吃点，保证基本营养。晚上，妻子有时不吃，我也尽量少吃。经过一两个月的艰苦奋斗，减肥成功。我们又等待着，盼望着下一假期的到来。

　　鉴于现在食品状况，我坚信真正绿色食品在乡村。我大哥和妹妹两家住在农村。我托妹妹买两只土鸡，一只土鸭，五十个土鸡蛋，五斤土鸭蛋，六斤野生鱼虾，等等。等到小孩回家的头天上午，我回乡去拿。妹妹送我许多干菜和坛子菜。大哥说："菜好，你多带些回去。"我摘了辣椒丝瓜黄瓜茄子西红柿玉米；掐了空心菜苋菜；割了韭菜，扯了香葱紫苏，等等。凡是大哥菜地里长的，我都搞了。菜地原是一丘田，引水很便利，夏季不遭干，菜长势很好。

这多青菜带回家，不好好处理会坏掉。近邻好友，分别送些。再用塑料袋装些放冰箱上层。放些在厨房，这两三天吃。有些菜放成堆会发烧，撒开放，占地又大，只能放客厅和餐厅地板上。只要回乡，我总要带菜回，也摸索出一些保鲜方法。比如，我在一个大铝盆里放一两寸清水，然后把空心菜茎干插入水中，齐齐整整放好，三四天顶端绿叶仍是活生生的，只是底端离水近的枝叶有些黄枯腐烂，那无大碍，吃时，扯掉就是。

难题是那几只鸡鸭。我说："全杀了，一袋袋放冰箱，再慢慢吃。"妻说："放冰箱，不新鲜，差个味。"我说："全都养起来？这是夏季，鸡鸭屎尿臭，也惹蚊虫。"通过激烈讨论，最终达成协议：留一只鸡，其余宰了。当天晚上，把青菜处理好后，我就大开杀戒了。妻子翻翻捡捡，寻出一个纸箱，一根蛇皮带子，很快就把鸡安顿好了。蛇皮带子一端拴着阳台铁栏杆，另一端系住一只鸡脚，鸡放进纸箱。箱底放了一碗水，撒了米粒，忙完已是深夜了。

第二天下午，小孩回家了。她说："怎么有鸡屎臭？"我笑："别人家养狗，我们家养鸡。"她以为我开玩笑，跑到阳台上去看。那只鸡跳到纸箱边缘，见小孩走近，大声叫着，扑腾着翅膀，跳到栏杆上去了。小孩吓得连忙告退。小孩卧室连阳台，晚上开空调，门窗关着，鸡屎味闻不到。凌晨四五点，鸡咯咯，咯咯地叫，把小孩吵醒了。早晨，我特意去阳台，看到鸡在箱中漫步。箱底米粒与尿屎渣混合一起，臭味浓。纸箱上方飞舞着几只细细的蚊蝇。我对妻子说："把鸡杀了。"妻子说："放厕所里，还养两天吧，等杀的那只鸡吃完就杀这只。"放厕所，还行，冲洗方便，只是上厕所不方便。好在家里有两个卫生间，问题不大。

我的球鞋，几天不洗，就有股汗臭，妻子便催我洗。我找借口不洗，她便去洗。鸡屎臭比鞋臭更臭，她反倒能容忍，真是匪夷所思。小孩不大喜欢吃鸡鸭。小时，就不爱吃，做工作要她吃，她总说："鸡肉有股气味。"这几天，她天天闻到这种她从小就讨厌的气味，胃口自然收紧了，到底长大了，懂事了，每次还是象征性地吃几块。一只两三斤重的鸡，做三次吃，每次还是吃不完。正宗的土鸡，四五十元一斤，倒掉舍不得，于是，我和妻子就把剩下的鸡肉每人分一半吃了。每餐，光只分点鸡鸭肉吃，问题不大。除了鸡或鸭肉，至少有一荤菜，什么鱼牛肉基围虾呀等，还有几碟小菜。一个女孩子家，能吃多少呢？见小孩文文静静地吃，妻子担心菜剩得过多，于是自己尽量多吃，还一个劲地催我吃。天天这样吃，能不肥吗？

自从小孩回来，每天我买菜，妻子做饭。一般是头天晚上我问妻子："明天，买什么菜？"妻子，就问小孩："你喜欢吃什么？"小孩想不出什么更好吃的，说："随便吧。"妻子，便罗列出许多品种，列一种，问一下小孩喜欢吃不。小孩还是点了几个菜。妻子又在小孩点菜的基础上加几个菜。我早上去买时，先把小孩点的菜，妻子加的菜，买好，再来点创新，自作主张多买一两个菜。这样，每天买回的菜很多。去买菜之前，我打开冰箱看看，到厨房柜架案板上看看，还剩有什么菜，提醒自己什么菜不买，有些少买点，但进入菜市，在琳琅满目五花八门形形色色的菜摊前，不知不觉，便买多了。妻子做饭时自然选用当天买的，这样隔一两天，就要清理门户，不得不丢掉一些。

我做饭一般水平还是有的。平日家里来了客，我让贤。女儿回来，厨房更是妻子的势力范围了。有时，我进厨房温馨提示："少搞点，吃不完。"她不予理睬。夏天热，即使开了空调，厨房温度也高。两三个人的饭菜，她从洗、切、炒要忙乎两个小时。每道工序都是精益求精，她做出的饭菜，可口，就是量太多。三人吃饭，常常桌上有四五个菜，不吃米饭，光吃菜，也吃不完。吃不完，要霸蛮吃。她不硬逼小孩吃，只命令我吃。可怜我只一个肚子，装不下这多菜呀。青菜，吃不完的，倒了。荤菜，吃不完的，便用塑料袋膜包好，放冰箱。

早晨，我买菜回来，肚子饿了。打开冰箱，拿出几碗剩菜，炒饭吃。味道香，吃得一大碗。妻子早餐吃得少，小孩起得迟，起来，有时吃一份水果就打发了。我早餐能解决的剩余食物毕竟有限。我便悄悄倒掉一些。妻子记性好，一两天前打包存放的食物，她还记得。有时问我，一份什么菜，哪里去了。我说炒饭吃了。她说你能吃那么多吗？她怀疑我倒掉了，又找不到证据。我倒到垃圾桶后，及时系好，放到外面垃圾箱了。

生日感言

今天，我生日，满五十四，进五十五，不大不小的年龄。高兴的是，退休快了。不高兴的是，到阎王殿的日子也快了。亲人们打电话，发信息，祝我生日快乐。我当然是快乐的。只要活着，就是快乐的。今朝有酒，就喝几口，一不留神活到九十九。一切皆有可能，要对未来充满信心。我妹妹一家特意从湘阴赶来为我庆生。近年来，我每个生日，她们都要来。我又不是七老八十，她们来又送很多东西，虽然礼物多多益善，还是有点不好意思。我说你们要来，就换个日子来吧。她说，生日正好聚聚。这次她们带了土鸡，土鸡蛋，青菜，坛子菜，等等。我是土里土气的人，我最爱吃家乡的土生土长的菜。生日，吃到家乡的美味，我更清楚地意识到，我是谁，来自哪里，要回到哪里去。

早几天，妻子提醒："还过几天，就是你生日了。"我说："是的，年年有生日，今年生日又快了。"我们盘算着，当日有哪些亲朋来吃饭，是在家里做，还是到外面吃。

生日，被自己记着，被他人想念，因为它是出生纪念日。广义地讲，生命的每一个日子都是生日，不必特别在乎某一个生日，但世人心中，生日仍是指出生纪念日，仍然要特别重视。人是万物之灵，一个人出生是家庭的大事，更是人自身的大事。你不出世，何以入世呢？一个人要经过几世的修行，才得以横空出世，由此开始漫漫人生路呢？

年幼时，五岁以前吧，自己对生日没有概念，只是懵懵懂懂地玩耍。但父母记得你生日，你三朝十朝，满月周岁，两岁三岁，父母特别重视。周岁，亲朋好友都要来贺喜。到了七八上十岁，你自己知道生日了，到了这天，便吵着要吃零食要买玩具。只要要求不过分，父母都会满足你。

当你读书或工作，离开父母又未成家，生日那天，父母会打电话问候。你本人不会太在意生日，记得是某天，真的来了，又忘记了，你专注于学业或事业。

成家后，你生日又被重视起来了。你爱人，会重视这一天，会为你做一顿可口的饭菜，送你一样珍贵的礼物。你小孩，慢慢长大了，在生日当天，送你一件意想不到的礼物，给你一个惊喜。这时，你可能与父母分开生活了。父母永远不会忘记你生日，到了这天，特别想你，于是，他们打你电话，问你生日如何过，祝你生日快乐！

每过一个生日，自己就长大一岁。时间白驹过隙，几年一眨眼一闭眼就过去了。某个不经意的时候，你会觉得，自己好像是一夜之间退出年轻人队伍，全方位步入中老年人行列。这时起，你对生日有新的理解和判断了。生日那生的意义在年轻时是最丰盛的，每逢生日，就高兴着自己长一岁。你茁壮成长，你年轻气盛，你自信人生两百年，你做着许多飞翔的梦，没有老的意识，更想不到死会是自己最终的归宿。再过了某个节点，你感到身体不如以前禁得起折腾了，体力下降了，记忆力减退了，头发稀疏了，睡眠减少了，爱回忆往事了，这说明你越过了生命成长的高峰，开始走下坡路了，也就是老了。

生日总数有限，用心去感受每一个生日，也就懂了人生的意义。平

130

日，对生命的意义、人生的价值等不能说没有思考，但那都是零散的。生日这天，潜意识会提醒自己过了这天，是几岁了，还能活多少岁。人有旦夕祸福，有时候出了门就回不来了。那些飞机失事者，车祸丧生者，被仇恨社会的人无端砍杀者，这些人是不会想到自己是这种方式结束生命的。这种死亡的可能性是有的，说不定哪一天就发生在我身上。稍微想想，自己最多能有的生命长度就有数了。按一百岁来说，也过了大半。活到一百岁的概率是多少呢？按活到八十几岁来算吧，那所剩的生日，就更少了。

生日，最想谁？最想父母。可父母死了，想是空的，只能默哀，只能祝福。父母生前希望子女幸福永远。所以，过好日子，是对父母最好的感恩。我成家以后，特别是有小孩后，我生日大都是和父母一起过的。一般提早一两天，把父母接来，留他们多住几日。父母在我生日时的叮咛嘱咐，好多犹记在心。

富贵在天，不去想也。儿孙自有儿孙福，该放手时就放手。生日，想哪些是我应坚持的，哪些是我要放弃的，哪些事做错了无可挽回，哪些事要在有生之年做好。顺从身心的诉求，积极投身于生活，不坐以待老。很多时候，老是心态，你认为还年轻，你的身体就自然产生年轻的活力，你就有好的精神状态。有的老人，比实际年龄显年轻，主要是有一颗不老的心。人老力衰，人老色衰，但年轻的心态可以弥补力与色。

习惯

　　我教书三十四年了，形成了一些习惯，凭良心做事，不太受他人的影响。工作相关事，我不说三道四，我能做的，就做好。

　　我母亲在世时，常怪我不会讲话，读了书是白读，赢不得农村没读过书的人。她说我是驼子伢儿讲直话，讲包里包气话，讲蠢话，讲牛踩不烂的话。我点头承认。后来，她老人家发现我回家不讲什么话，只喝闷酒，再不责备我了。

　　我对事对人是有看法的，一讲就乱了章法，有些语无伦次。我心里想的，讲不出；讲出的，又不是我想的，与我想的有很大出入。有时，我讲了前几句，后面的意思，本来是相连的，但突然掉了链，接不上。待勉强接上，已不是原来意思上的语句，东一枪西一炮地放，连自己都不知要讲些什么，一顿稀里糊涂发声之后，突然停下来，像汽车失控冲出一段便熄火了。不是我习惯讲假话或话到嘴边留半句，导致成这种糟糕局面。

　　有时，我明明讲的是真话，别人不信，以为我骗人。我要是讲假话，只要一开口，听者就知道我讲假话。我本是笨头笨脑之人，讲真话都词不达意，讲假话会东施效颦，把人笑死。聪明人见人讲人话，见鬼讲鬼话，我实在是判断能力太差，分不清人或鬼。有时，觉得自己背时，尽遇倒霉事，简直是碰了鬼，但不知鬼在哪里，所见皆是正人君子，不见一个鬼鬼祟祟之人，只觉自己人不人鬼不鬼，十分的窝囊。

我曾努力改变，想拥有高人一等的口才，做振臂一呼，应者云集的英雄，但收效甚微。我也没有花太多的时间去训练。我没有信心，况且我也没有多少在众人面前讲话的机会，练什么呢？既然，我母亲说"没读过书的人都比我会讲话"，那就说明讲话是天生的，与读书多少无必然联系。那我练习干什么呢？不过，我还是读书。读书，就跟书中人对话，是灵魂深处的意念交流。掩卷沉思，书中极富诗意哲思的语言像溪水在我的脑际欢快地流动。这种感觉，只可意会。

我上课是另一种状态，往讲台上一站，就感到与学生贴得很近，讲与想高度和谐统一，心里想好的或刚好萌发的想法都可以完美而激情地用语言再现。他们是我的学生，我是他们的老师，我有权威，我讲的重点难点，要学生做笔记，还讲些箴言警句，要学生铭记在心，堪比最高指示，我能不来精神吗？我傻傻地想，有些人在台上讲得那样好，出口成章，是不是如我上课一样，是把听者都视为学生，视自己是权威或专家呢？

顺其自然

一

　　我体重超过标准十斤，肚腹挺出如孕妇。我曾以不吃肉食，减少饭量来减肥。一两天还行，三四天出问题了，身体没劲，走不快，跑不远，不想活动，像生病，身体许多功能似乎停滞，只想吃东西，特别想吃红烧肉。妻鼓励我坚持，否则前功尽弃。那段时间，我晚上不敢去打球，因晚饭吃得少，一场运动后饥肠辘辘，倘若那时再吃东西危害更大。

　　我姨夫的父亲李爹（李庆华）早几天九十寿诞。耄耋之年，看上去五六十岁，红光满面，一头黑发。无病无痛，生活自理。上午，散步两小时，走二十余里无疲惫之态。他一直坚持写格律诗，写时评，已印文集两百本赠送亲友。又写很多了，不久要印下集。早几天与他同桌吃饭，发现他胃口蛮好，吃了一碗饭，吃了鸭肉、鱼、腊肉、牛肉，反正桌上的肉食都吃了，最后还吃了两刷盐鸭蛋。我开玩笑："李爹，你九十岁，没有摆寿宴，一百岁要好好庆贺！"他说："一百岁，摆一百桌，你们都来喝酒！"讲话声音洪亮。当时他喝了一两多白酒，兴致高。我再敬他，给他倒些酒，他一饮而尽，豪气十足。

平日在家里他中午喝白酒，晚上喝葡萄酒。他喝的白酒是药酒，泡了几十种中药材，有滋阴壮阳之功效。我开玩笑说："杨振宁八十二时找了个二十八，但杨振宁老态龙钟，你比他强！"他笑曰："我什么都吃，目前身体还好。早几天九十岁生日，县老干局长来贺寿，说我可活到一百一十五岁，我说争取一百一十六岁！"他嘿嘿笑个不停。

李娭毑八十几岁过世的，他很快找了个比他满女还小的保姆做婆婆，他与嫩婆婆住一起，不麻烦子女，他有工资，也不要子女们负担。他说，我健康地活着，就是你们子女的福气。每次出门，都与少妻结伴同行。到晚辈家做客总坐一起，相敬如宾，吃饭则互相敬菜，生怕对方没有吃好，也相互提醒哪些菜好吃，好吃的吃点但不贪多，每样菜都吃点莫偏食。一个九十岁老人与一个不到五十岁的女人的爱情，比时下年轻人的爱毫不逊色。

那天吃饭，我妻子也在。她看到李爹与少妻之间的相亲相爱也很感动。回家后，她说："李爹手伸出来，不是青筋暴露，不是黑乎乎，像年轻人的血肉肤色，是不是与那嫩婆婆耳鬓厮磨有关系呢？"我说："那确实。顺其自然地生活，方得高寿。"

吃得少，活动必然少，人生乐趣便消失殆尽，活着有什么意思？大吃大喝不好，但要吃要喝，是生命需要，也是一种乐趣，用苦行僧方式折磨自己，生活何乐之有？从此以后，我不再特意去节食减肥，生命有本能的欲望，顺应身心的诉求，方能无愧于生命。

二

这几天，都是雨天。久雨，就想天晴。冬天冷，又想夏季的烈日。

在夏季的烈日下又想下一场鹅毛大雪。这些想法，人之常情。人总是去想不现实的东西，不会好好享受当下。换一种思路：享受当下。

下雨，好的，看雨中树木有一种春天的气色，空气也纯净多了。冷，好的，加一件冬衣，一身就暖暖的，再看在水中游弋的白鹅，你觉得自己是幸福的。起风了，好的，把衣服扣紧，把腰带扎紧，戴顶帽子，你就迎着北风走，"北风那个吹，雪花那个飘"，你可以哼几句京剧。

"晚来天欲雪，能饮一杯无"，冬天冷，正好多喝几两酒，夏天喝酒发热，不敢多喝。冬天，万物皆藏，你也趁此养精蓄锐。早睡晚起，好好呵护自己。

"日出而作，日落而息。"讲的是农民的作息规律，其实，这适合所有人。我们要依自然的变化规律安排生活，不要做反自然的事。比如熬夜，就是反自然的。我也不提倡冬泳。鱼，还有鹅、鸭以及各种水鸟，它们身体结构，生命特点适合一年四季涉水求生，它们在水中恰如我们在陆地，冬季在冰冷刺骨的水中游泳，与其说是锻炼，不如说是摧残，何必呢。要游泳，可以去恒温游泳馆呀。冬天很多动物要睡几个月的懒觉，它们用这种减少能量消耗的方式保全生命，等待春天的脚步。这种做法我们不可照搬，但这种做法释放的理念或精神，可以借鉴。

我觉得，人还要顺应生命的自然流程来生活。人从生下走到青壮年，那就到了生命的顶峰时期，然后，走向峡谷低坡。各阶段，有不同的目标。你上了岁数，步入暮年，也就是步入人生的冬天了，你应该放慢生活的节奏，放弃许多欲望，好好享受生命本身的快乐。

听课

一

市局组织高三调研，听了我一节课。教研员某某进教室时，分发一些问卷给后面几个同学。他们平常不读书，上课睡觉，作业很少做，听课手册上也未做什么笔记，他们不查自我原因，在问卷上写我从未布置过作业，从未批改过作业。当某某拿问卷说事时，我解释说天天都布置作业，不讲每次都全批全改了，绝不是没批过一次。某某武断地说他查看了学生的作业手册，都是空白。我想说你看的是后面几个同学，那些认真做了的，都坐前面几排了，刚开口，某某挥手说学生讲的，你不必解释了。我当时火一冒，准备臭骂他一顿：你也是当老师出身的，怎么这样不通情理！他是教育局派来检查的，我与之顶撞，影响不好，只好忍着。

他讲我只拿教师用书上课，那本学生用书上是空白。按他的意思我要把学生用书上面的每道题都做一遍，把空白处写满。我当然做了，只是未写在学生用书上，在教师用书上做了些批注。至于如何上课，我备课本上写了，他也查了我备课。当然，详细写在作业手册上，是一种备课方式，但不是必要的。我用自己的合乎教学常规的方式备课，何错之有呢？况且很多题，一看就明白，思路就清晰，何必详详细细写呢？

另外，某某讲我上课，要讲更具体，解题过程要详细板书。精讲多练，是教学的基本原则，老师一言堂，早被批评，他却要求满堂灌。当时我请几个学生上黑板写过程，学生写得不是很好，我点评，让学生知道其中的不足，比我板书更有效。他指责我过于放手，要自己详细板书，说我不了解学情。难道他比我更了解学情？笑话！有一道题，我强调通法，考虑时间紧，没有进行一题多解的训练，他又借题发挥，讲了一大堆不着边际的话。

我平日讲题，经常做一题多解的训练，从从容容地分析。后来，实在听不下去，不知他讲些什么，不知他要表达什么。我想他是谁？他以为他是谁？他讲这不是，那不好，他的标准是什么？他自以为是的就是唯一标准？莫说他只是半瓶子醋，就算他学贯五车，也不是唯一标准，他被人抬举为专家，实则"砖"家也。评课之前，他还讲了很多废话。扯东扯西，语无伦次，吞吞吐吐，有气无力。左一个某局长讲什么，右一个某某局长讲什么，不知他要强调什么。

我教书三十三年了，形成了自己独有的习惯或模式。有人来听课，最多是注意一下形象，板书规范一点，教学原则方法的运用，平时怎样上课的，就怎样上。我不会投其所好，弄得花里胡哨。

二

今天，是开学第三天，校领导推门听课。我有幸被学校党委书记范如玲听课。在二十一中，领导推门听课早已是常态，之前，范书记多次听过我的课。每次，她认真听，还不时起身，查看学情，课后精心评课，指出问题，指明方向，我都获益匪浅。今天我讲《数学》必修三，第二章第一节简单随机抽样，属于统计学。我进教室时才看见她来了。我把昨天作业中的问题讲评后讲新课。我平常不爱讲话，上课也是，少讲精讲，让学生有更多的时间读书、思考、练习。今天，不知怎的，也许是看见美女书记坐镇受宠若惊，话多起来了。

统计学与生活密切相关，可讲的材料俯拾即是，我边讲生活中的例子，边讲统计学的方法应用，备课设计中向学生提出并要他们思考的问题，几乎由自己包揽了。当时自我感觉好，激情满满，头头是道。下课后，范书记直言不讳指出问题：讲多了，很多问题，可以交给学生解决，老师固然要有激情，但更重要的是调动学生的积极性。这是对的，课堂应以学生为主体，老师只是引导他们去发现问题解决问题。她做了详细记录，我讲评作业用多少分钟，新授时讲了多少分钟，学生思考练习多少分钟，清清楚楚。她这种认真的态度让我佩服，这种领导风格让我信服。她没有半点架子，不打半句官腔。问题不隐瞒，也不夸大，指出问题，同时指导方法。实事求是，又高屋建瓴，亲切中包含严肃，严肃中充满关爱，关爱中寄托希望，和颜悦色，诚心实意。她点评的话不多，她用她的言简意赅的点评，为我做了一个示范：精讲，点到为止，多少无声胜有声。她是美女领导，她还有一种特殊的力量：温柔的力量。她那种精致的外形，暖心的笑容，圆润的言语，无不散溢着融融的温柔，让她拥有高山湖海那种打动人心的精神力量！

第五辑　家乡

　　阵阵春风，几番春雨。许多落叶，黄色，像湿漉漉的头巾。母亲总是系着这样的头巾，夏天擦汗，春天擦雨水。晚年时，她的头巾总是湿的，她说，她患了角膜炎，爱流泪。春雨是树叶的泪吗？叶子静静地躺在裸露的树根上，我母亲静静地睡在地下的树根上。她也许成了根。

久违的雨

下雨了！下大雨了！早晨醒来，即闻雨击窗棂声。我兴奋大叫，但没让声音出口，怕惊吓了雨。雨声急促，密集，响亮。这是一场久违的雨！这时，天还没大亮，湿润的凉风吹来，舒服极了。

秋已立，天未凉，渴望下雨降温。六月上旬，还是下过好几场大雨，湘江水涨了，很多地方还要防汛抗洪。之后，雨水就少了。七月，印象中，没有下过一场痛快淋漓的雨。夏天热，夏雨烈，夏雨是激情的雨，是暴风骤雨，还常伴电闪雷鸣，但直到立秋，再不见这种雨。

这段时间，我早上五点左右就起来了。六点左右，太阳跳跃着要出来了。东方的天先是鸡蛋壳色，然后，变成灯光色。那些若隐若现、成丝成条的白云，慢慢变成大块大块的白云，有的像巨石，有的像山。太阳先露出镰刀似的脸，很快全露，像火烧一样通红。阳光向四周漫溢，那些山和石熔化了。近处的云，首先如湖水那样淡蓝，后来变成海水一样深蓝。太阳变得白亮，变得刺眼，这些蓝色云海之上飘起了白色小岛。一不留神，炽亮的太阳不见了，除了西边的天空仍是海蓝一色，其余都是白色了。阳光从楼侧从树梢斜切过来，留下许多膨胀且拉伸的影子。中午左右那段时间，各种影子在收缩变短，到处是白花花的太阳。这时，你若在太阳底下行走，只能硬着头皮，似乎不这样，人就会晒得趴下去。你口张开，眼半眯着，闷着气，不敢出声。阳光像网一样罩着你，也像无数闪亮的刀架在你身上。这段时间，我怕光，夏天的阳光太猛烈了。

有几个午后，在毫无征兆的前提下，下过几次雨。雨不密集，持续时间短，即使下雨，天空仍是明亮的，甚至阳光灿烂。据说是人工降雨。草木上的水珠，很快干了，一股温热的气味从泥土中蒸发出来，让人不舒服。地面浅层中的水分被太阳烘干了，下一点点雨，只能湿润出一下表面皮毛。

泥土以及泥土之上的一切都需要一场大雨。

下雨了！下大雨了！这场雨，是夏之雨，还是秋之雨呢？论季节，算秋雨，论下雨的风格，应算夏雨。立秋才几天，气势还是夏天的。秋的况味，要到中秋时节才浓郁。

于我而言，像满身尘垢，需要好好洗一个澡，我要一场大雨的冲洗；像植物干枯，需要雨水的浇灌，我饥渴的身心需要这样一场大雨的润泽。这个夏天，我曾失控，迷茫，我需要一种声音来醍醐灌顶，这一场久违的雨声正是这声音。我躺在床上，听雨。隔着窗和阳台防护栏，看不到雨，但真真切切感受到了雨的宣泄，有时竟以为是我在下一场激情的雨。雨哗哗，雨沙沙，雨蒙蒙，雨幽幽，这雨好像在穿越四季，穿越时空。像千万双手在敲打鼓钹，又像千万只鸟雀在嬉闹鸣唱。

雨在下。我躺在床上，不想起来，祈求时间在早晨留步，我可以更长久地享受这个早晨。我闭着眼睛听雨。泉水叮当，溪水潺潺，河水哗哗，海水滔滔，这雨声里都有，还有各种声音，你能想起的各种天籁之声，这雨声音里都有。这多半是没有电闪雷鸣的缘故。电闪雷鸣，掩盖了雨本身的乐音，人受到恐吓，瑟瑟发抖，想象力受到钳制，也没有心思享受雨之乐音了。雨声，为我击乐，我在乐声中飘荡，我觉得这是母亲的摇篮声，母亲喝酒之后的唠叨声。这也是大雪压山，冰冻叶落的声音，我想，夏雨释放的激情与雪中冰封的激情是相通的。我通身通透的凉爽，室外灰灰茫茫，好像真的在下雪。听着，听着，雨声似乎定格了，变成了另一种无声之声的铺垫，我听到了雪飘雪落之声。

　　我起来了，到阳台去，想看看这场久违的雨。急骤的雨像子弹射向地面。天空低垂，苍翠，像河水的淡蓝，蓄满了充沛的雨水。这一场雨，清洗了天地，让多少生命受到滋润。

　　盛夏，心因热而躁动不安，生活有些乱。坚持做的一些事，有松懈，甚至放下了。应该坚守的一些原则，有违规，甚至偏离很多。我一向不屑做的，有损身心健康的事，也做了不少。暑假，一些计划，没有扎实跟进，多少个夜晚在酒精的燃烧中昏睡，醒来时，又懊悔不已。悔以往之不谏，思来者之可追，但不知不觉中又重复昨天的颓废。人一旦懒惰，就易成习惯。一旦成习惯，人就堕落了。这场雨，来得太好，它给我降温熄火，让我回到秋之冷静从容之态。面对这些箭镞一样密密匝匝射向地面的雨，我屏声静气，像置身森林，宁静；像肃立在河边，思绪在流淌在回旋；像站在庙堂，皈依我佛。佛是什么呢？是自己想达到的精神境界。这些风声雨声，融进我身心中去了。

　　这场雨，不知什么时候停了。天地之间，是阴凉之色调。所有的植物显出一种清新的绿色，像美女出浴楚楚动人。我如洗一般，怡然自得。

秋色

这次立秋在七夕后一天。这是时序上的巧合，还是一种神的安排呢？七夕，情人或爱人，情热如夏，感情也要冷却，所以立秋了。早立秋凉飕飕，晚立秋热死牛。在阴历六月立秋算早立秋，到七月便晚了。三伏还未到，秋老虎已在某处虎视眈眈了。

天黑得早了，六点多，暗淡的夜色便弥漫起来，而夏天这时阳光仍是白银一般。初秋的夜，天空低垂，万物肃静。知了不知何日静声了，许多细碎的、嗡嗡的声音也没有了。晨曦是柔和的，晶莹的，像湖光山色像春水涟漪。这两天冷雨，雨不大，有点像春雨。秋天很多景象与春天相似。除这细细的秋雨之外，比如这微微的、飘飘的、时断时续的、若有若无的秋风，多像春风。春风吹，万物争荣，秋天有树长叶，有花开放。

我家阳台上养了许多花树，有些，春天不开花，长势也不好，这段时间，叶子恣意舒展，婴孩探头探脑的样子。有一株植物，长出细细的藤蔓缠绕到防护网上铁杆的顶端去了。藤蔓从下到上长出的新叶，像剪刀裁过一样齐整。有一盆花，矮矮细细，主茎底部分出四五枝，枝条柔弱，叶子细细尖尖，几场秋雨过后，枝头开三朵花。每一朵由一片一片金黄金黄的花萼组成。还有一盆花，枝上有像收拢的伞那样的长长的花苞，也快开放了。

几场秋雨后，秋天的意思就比较浓了。白天，太阳明显减弱。有时，满目是蓝色的云，白云只在云缝中露些边角。即使是阳光最盛的时候，天底仍是蓝色的，一层薄薄的白雾飘在蓝云之上。花草树木，显一种特别的空灵。

秋天本是平和的，温婉的，它让人也产生同种心境。春游以青年人为主，秋游以中老年为盛，中老年人的心与秋相近。秋天如一江碧水，涟漪如歌。秋天，最美的事是登高望远。天高地阔，遍野绿色掺金黄。那些蓝色的、白色的云皱褶都看得清晰，远处的天空是两种颜色调和后的青色。白云飘向远方，雁雀飞向远方，溪水流向远方，看不见的地方，烟雨蒙蒙诗意茫茫。山静树静，微风起落叶舞，你会屏住呼吸聆听。听天地之声，听无声之声。秋天的沉静不是火山爆发后的死寂，是一种热烈之后的冷静，或是疯狂之后的理智，是一种思考的状态，是一种充满生命活力和精神信仰的状态。

我特别喜欢中秋左右这一段秋。三十度左右气温，不冷不热。我可以欣赏到最典型的秋色，如天高云淡，山青水碧，暖阳普照，瓜果满枝，雁飞鸟鸣，羊咩牛哞等。早起，有秋霜，太阳出来了，秋霜慢慢融入阳光中。树叶闪烁着绿光，路面褐色变青白，高墙玻璃银光闪闪像灿烂的花朵。在秋日暖阳下，你会有点春天那种激动，有点夏天那种狂野，但你的心态仍是属于当下的秋。夕阳西下，仍是绚丽多彩，当暮色如雾袭来，月亮出来了。秋天人皆喜吹暖阳，也喜欢明月，"明月几时有，把酒问青天"，明月不现，人皆呼唤。月光是夜的秋霜，它会慢慢融入你的梦中。

酒窖

端午节，我上午赶到湘阴姐夫李海燕（以下简称李总）家。李总妻子聂文建（以下简称聂老板）在五姊妹中排行第三，我妻子排第四。李总夫妇没时间做饭，中饭是在隔壁饭店吃的。一桌菜，菜种多，味道好。端午节的传统食品，如粽子、盐蛋、苋菜煮皮蛋、麻花炖肉都有。有葡萄酒、白酒，我喝了二两白酒。

下午到海波林酒窖参观。

酒窖距县城十几里，远离闹市。周围是田野，山清水秀，鸟语花香。酒窖三百多平方米，上面正在建房。李总讲，按酒窖结构，上面建七八层没问题，基脚牢靠，墙厚一米。墙厚主要是减少外界影响，确保里面恒温，利于酒发酵。有两道钢门，安了防盗设施，打开手机随时看到。一条南北通道把酒窖分成两半，每边又被一缝酒架分成两半。南面正中凹下去一个空间，端坐一尊金碧辉煌的酒神。东西两侧壁橱摆满了开口笑系列高档酒。一百斤装两百斤装一千斤装，等等，不同容量的椭球似的瓦窖整齐排列像一件件古文物，酒窖好像一个历史博物馆。

李总做湘窖酒湘阴总代理有近二十年了。店面有好几家。儿子李关波大学毕业后，也加入公司。李关波入行很快，李总把许多业务慢慢放手让儿子干，他退到幕后，宏观调控。他早就想建一个酒窖，买年份酒。酒窖在他脑中建很多年了，现在终于圆梦。原浆酒灌入坛中，窖藏几年，酒质变醇，酒自然升值。李总认为，做酒生意，没有自己的酒窖，好像爬山只爬到了半山腰，没意思。他做什么事，总想把事做好，做到极致。目前，省内有自己酒窖的只有他一家。

　　我们到时，下午三点多，外面太阳大，里面温度计显示二十六七度，好像开了空调。北墙一角安了一个风扇。风扇不停地往外面抽气。李总说，酒窖全部装酒封坛之后，里面的温度更宜人，冬暖夏凉。看着这些井然有序的酒窖，闻着淡淡的酒香，我想，这里窖藏的是酒，也是一种人生格局，一种历史文化。酒通过窖藏，酒味就变得醇厚，更让人感受到酒的博大精深。海波林酒窖，李老板亲手打造，他的崽（李关波），他的孙（李甘霖）会传承下去。这是一种事业的传承，更是一种精神的传承。

洋沙湖记

　　洋沙湖现在名声在外了，是湘阴的国际度假区。当下，这样的度假区太多了，大城市带头，小城市学样。大城市闹够了，便到小城市折腾。小城市能折腾多久呢？

　　我是与李海燕夫妇一起去洋沙湖游玩的，当天是端午节，我们吃了中饭，先参观了他们的酒窖，然后就开车去游湖。其时洋沙湖度假村竣工不久。我看了半个下午，未见到一个国际友人来度假，只在一个买吃货的店门内看到一个黑人在掌勺。还看到几个黄皮肤，黑头发被染黄的假洋鬼子。

　　这个地方，未开发之前，我熟悉。我曾在附近一所中学教过几年书。那时，这里还是原生态。有稀稀落落的农舍，农舍前后有山，山不高但树多林密，一群群鸟在农舍屋顶之上飞来飞去。除了低山矮屋，其余都是田土。地势稍高的山腰坡地，栽有茶树。过了谷雨，一坡一坡的茶树长满嫩黄的尖尖时，有人采茶了。清明前后，采茶的人最多。采茶的多为女性，春装花花绿绿。那个场景，蔚为壮观。低洼处有一些小池塘，荷叶田田，荷花婷婷，荷香雅韵直抵人心。近水处，是一片一片、大小各异的稻田。一年种两季，每当春耕或双抢时节，田里到处是弯腰做事的人，那时农事稼穑还是人与牛的合作。晚边，我和同事常到这里散步，经常遇见"暮归的老牛是我的同伴"，鸡鸣鸭叫鹅唱歌的温馨场面。我们往湖边区域走，狗像致欢迎辞。先是离你最近的狗，口张得不能再大，对着你叫。你捡石头，它就飞快地跑开，再转身吼。这家的狗还在上气不接下气地叫，前屋阶基上盘伏在地上的狗蹦跳起来了，吼叫得更亲热。这时，远方的狗都在附和。

洋沙湖，像一条长且宽的闪亮的白练嵌在两岸，那些低矮的弯弯杨树之间。那时，湖水是自然的积蓄，起着涟漪或波澜，天空倒映水中，云彩呈一种清纯的媚态。对岸上有些低矮的农舍，岸的下方是望不到边的田地，更远处天地相接，有一种空旷的自然之美。

哪里自然风光好，开发商就向哪里开发。他们把自然山水毁掉之后，再造一些假自然，吸引世人的眼球。他们搞开发的目的就是发财。他们从政府低价买地，然后，圈地毁山毁林，造一些古不古、洋不洋的雷同屋舍，设计一些大街小巷，买些吃的玩的满足人们因自然的破坏而消磨闲时的愿望。他们利用世人只追求肤浅的感官刺激的特点，造一些媚俗的景观，吸引世人眼球。

洋沙湖度假村，就是这样建起来的。东边，建了许多联排别墅，早已卖完了，开发商投入的资金，收回一大桶了。度假村，是一个综合性的娱乐消闲场所。里面的建筑，都是围绕吃喝玩乐做文章。有酒店宾馆，有歌舞擂台。据说，这些店铺先是免费出租的，等到这里的人气旺了，游客多了，店铺生意好了，开发商再收钱。开发商正在宣传造势，对内采取吸引游客的措施。比如，晚上定时放焰火，演杂技等，早两天这里还举办了"湘阴（洋沙湖）首届龙虾节暨美食狂欢节"。

原来的草树，不见了。每一棵树都是移栽的。路边有花草苗圃，但品种单一，剪裁得像某些变态男人扎的发辫，那些花朵乱七八糟的，像那些轻佻女子染色后的鸡窝头。农作物消失了，山没了，小池小湖都填平了。清荷雅韵跑到唐诗宋词中寻伴去了。

入口附近，用玻璃围了一个一米多深的水池，养了五花八门的鱼类，和城市海鲜店前圈养的海鲜差不多。很多人围着看。几根竖立的柱子中间各安了一个水龙头，不停地放水。

与湖接壤的地方，有一个小湖，外侧修有小石桥。桥呈弧形，两边砌有石柱护板，石板上雕有不知何物的图案，石柱顶部也做了雕饰。开发商也许是想营造一种"小桥流水人家"的意境。桥下的水没有流动，此处也无人家，原本意义上的人家迁走了。湖里有许多五颜六色的金鱼，口在水面一张一合，好像在咀嚼着空气。

湖边一处，有划龙舟的塑像，一条长船上坐着两排人，每人手摇一桨，船头一人面对着他们，在敲鼓，鼓槌静止在空中，像随时会落下来。不知洋沙湖历史上搞过龙舟赛没有？湖边，立一个三闾大夫像。屈原一千多年前在汨罗投江而死，原来湘汨一个县，但汨罗江离湘江很远。不知三闾大夫到洋沙湖来过没有？这么多来度假村的人，没有几个在塑像前凭吊。开发商，想要谁来，谁就可以站在这里。他有钱，可以搞定今人，更可搞定古人。有古之贤圣在这里，这里就是名胜古迹。要说古迹，原本这里的一切都是古迹，要说有历史名人，泥土之下埋葬的都是。开发商在这里植入了新的文化和历史的元素。近湖的几条小街上，站着几个黑黢黢的人，佝偻着背，有的旁边还有个小孩，也是黑黢黢的，好像与弯腰驼背的老人在对话。有的，做着不知他在干什么或要干什么的姿势。不知其他人看见这些，做何感想。这种黑面黑身人像，长沙步行街有，还多些，有卖臭豆腐的，有替人理发的，等等。这些雕塑，是那边复制过来的。其实，这里的一切，都是从大城市复制过来的赝品。

六点多时，我们把洋沙湖游遍了。吃完晚饭，七点多。我们继续看风景。街面铺的是麻石，像古道。房屋少有高楼，只在入口处有几栋，那是酒店旅馆，也只三四层。一路所见，都是平房，朝街一面都是木门木墙，雕有各种花纹图案。格局大小有差异，但总的式样差不多。间或遇到几个穿着古服装的俊男靓女，他们化了装，准备晚上演出。还看见一些卖古玩意的店家，买者寥寥。

李总说，等会儿，会热闹起来。有焰火看，还有晚会看。

晚上要演杂技，两个汉子抬出一个行李箱一样的盒子，一条大蟒蛇蜷缩在箱内，在箱底吐着信子，身子尾巴在上面盘旋。被舞者提出来，甩开，有几米长。观众发出惊叫，以为蛇会挣脱玩者的控制。蛇很快绕缠到玩者身上去了。又是一轮更大的惊叫，大家担心蛇会把玩者缠死。担心是多余的，蛇知人，人知蛇，有极高的默契，都配合着对方玩套路。

湖边砌石头，铺了水泥路，修了几级平台，最后一级有铁栏杆，游客到这里后，再不能逾越。湖边与岸平行摆有一长桥似的平台。长桥一侧有许多脚踏船供游人玩。长桥中间外侧有一些像船又不像船的装置连一起，据知情人士讲，那是晚上放焰火用的。湖对边，开发了，一些杂七杂八的树，土包都不见了。不时传来音乐声，隔着湖也感受到了声波的震动。我问李总，那边是不是也属度假区？他说，是的，整个这一片都是。那边，干什么，这么热闹呢？他说，那边有儿童游乐场，有游泳池，那个大屏幕滚动播放着各种活动的场面，热闹非凡。

我们到湖边放焰火地方时，人还是不多。天色微暗，远近诸物看得明白，太阳收敛了光芒，云霞流光溢彩，青紫的云，白亮的云，火红的云交织着。天空变着色调，慢慢在变暗，天空与远山在交换颜色。人多起来了，转一下身，要与几个人碰触。天黑了，夏天的夜来得迟，还是来了，四野都充满着夜色，有习习凉风吹着。喇叭开始倒计时了，六、五、四、三、二、一！焰火冲向天空。湖上空火花朵朵。焰火持续了二十分钟，空中的花色丰富多彩，树状花样，各种各样的图案，如电脑制作的电闪雷鸣，让人眼花缭乱。焰火上空，有一小块白色。那是月亮，今天初五，月不是满的。假如坐在湖边，在习习晚风吹拂之下，借着模糊的湖光，看这钩镰月，是一种什么感受呢？假如这一片风水宝地不被开发，还是原生态，此时此刻来这里的人们听到的，可能是虫声蛙声牛声狗叫声，风吹湖水哗哗声，那又是怎样的感受呢？世道变了，也许这种热闹喧嚣的场面，更能让人心有所依。

归心

　　大姐大姐夫从苏州回了。

　　到长沙的票，她们早就买好了。那天，票买好了，她打电话给我："我买好了2月4日到长沙的票，下午七点到，到湛艳家吃晚饭，晚上到你家，第二天上午回玉华。"湛艳和我是她两个弟弟，在长沙。她每次回来时总要到两处逗留，就算是在一个弟弟家吃饭，另一个弟弟来了，也执意要到另一个弟弟家去，好像不去，不算看见了弟弟一家似的。

　　我说："这么急干什么？5号吃中饭再走不迟。"她说："早点回去清理，准备过年！"我说："吃中饭回家，晚几个小时，就不行吗？"她坚持吃了早饭就走。你怎么留，无济于事。

　　大姐的儿子儿媳，女儿女婿都在苏州工作，两家都买车买房了，住的地方很近，吃在一起。晚辈上班，大姐两口子就做饭，接送孙辈。一大家子，和和睦睦。她们身体硬朗，做家务做饭并不感到累，倒觉得很充实，就长期与儿女们住一起。一年，难得回一次。除非特别大的事，中途才回来。但过年，是必须要回乡的。家里的两层小楼房，宽敞舒适，去年把屋面修缮了，添置了家具家电，好住。按大姐夫的话说，比城里几百万元一套的别墅好住。最大的好处是空气好，方圆几里都是熟人，熟门熟路。农村过年，年味浓些。到了下半年，大姐夫就托人把门窗打开通风采光，为回家过年做准备。其实，他们想早点回乡，又不可过早，要等两个孙伢都放了假，才可动身。而这时，就到了腊月二十几了，快过小年了。他们每年回来的时间，差不多，腊月二十左右。

回家就搞大扫除。被子毯子，去年过完年回苏州时，捡进衣柜，要拿出来晒晒。这几天，晴天，正好晒衣被。她们急乎乎赶回乡，多半是怕变天。厨房，工作量大。油渍的墙，地板都要擦洗干净。所有的碗筷都要用开水烫一次，再晾干，这些事，像没什么事，做时觉得越做越多。因为是过年，大扫除要彻底。一切沉垢污秽都要扫入垃圾桶，家里干干净净，过年才爽，心里才亮堂。

第二天，在亲人群里，就看到亲人们在大姐家吃饭的视频。一大桌，中间一个火锅，周围大碗小碟，都是满满的菜。火锅里汤水向上放烟花似的翻滚，一股股热气丝绸一样在那些菜上旋转跳舞。

过年（一）

一

小年已过，大年三十屈指可待。年是中国人的狂欢节，任何节日没有过年这么牵动人心。过年是一种身心回归。一年奔波劳累，要停下歇歇。平日，一些人迫于生活的无奈，戴着伪善的面具跳舞，一天到晚讲着口是心非的话，倍感压抑。过年，回到家中，回到亲人当中，你不必戴面具了。

临近过年，特别是到了大年三十，我收到一些亲朋的祝福。我是教书的，学生发来的贺卡居多。稍加统计，发现几个"规律"。一是，毕业时间久的，比毕业时间短的，发得多。二是，家乡学生发来的，比省城学生发来的多。三是，女生发的比男生发来的多。

有一个女生，是我来长沙教的首届学生之一（我隐去姓名）。自从毕业那年（2006年）到今天，每年的教师节和春节，她都发来祝福。很多次，我没回，她照发不误。毕业后，也再没见过她，她的模样都模模糊糊了。我不知道她为什么要永远祝福我，我想不起我做过的任何一件对她特别关爱的事。也许匆匆那年，我的某个自然言行让她刻骨铭心，不能忘却。

亲朋好友，发来祝福，我当然回礼。我不想用一些现成的图案来祝福，针对每一个祝福，我因人而异写一两句话表达心愿。

很多人说，这年代不缺吃穿用，缺的是年味。年味到底是一种什么味？同一个人，不同的时候感知的年味就不同。

小时候的年味，不提了，我老大不小了。

父母在世，父母就是年，年就是父母，过年回到父母身边去。那时，到了年边，父母就要问什么时候回来过年。父母生前，我只到外面过一个年，其余都是与父母一起过的。我无法想象，父母在，而过年不与之一起。父母在世时的年味感受不到了，父母死了。

平日想吃什么，可以饱口福，不要等到过年。美味是年味的一个要素，不是全部。

我一朋友，他和他妻子每边都有兄弟姊妹，他过年在长沙过，正月也不回去拜年。自从我知道他和他妻子是这种人，我就没有与他来往了。一个连自己的兄弟姊妹都不通来往的人，会对其他人有感情吗？我还有一个熟人，退休一两年了，他和他妻子的父母都在世，他奶奶九十多了，他过年的方式就是一个人跟团出国游。当然，各有各的生活方式，应该尊重。

过年，其实过的就是那一刹那，就是除夕之夜，从 11：59（23：59）到 12：00（0：00）那一刹那。这时，你从旧年跨进新年了，过年了。这一瞬间，是经过一年的长途跋涉而来，广义地讲，你在过去一年都是过年，365 个日夜都在过年。一路走来，餐风露宿，风尘仆仆，才到了新旧交替的驿站，于是，想坐下来休息，这时，特别想和亲人们在一起吃吃喝喝，回首往事，展望来年，这才是过年最应该做的事，年味由此而来。

二

我一家在长沙过年，初二下午回乡拜年。长沙过年，不热闹。很多人到乡下过年去了。马路上有车跑，街上的人少，店铺大多关了。邻居之间不串门，传统意义上的年味几乎没有。

先到我兄弟姊妹家拜年。父母死，大哥大嫂家便自然升级为我们的大家，也就是父母在世时兄弟姊妹们讲回家的那个家。初二，到大哥家会合。

我到家第一件事是到父母坟前去拜年。前段时间下雨，山路上有一层烂泥，我们换上长雨靴出发了。临近墓碑，我想捕捉一点什么。父母有在天之灵的话，应该看见我们来了，虽不能显身，可以舒一口气，让满山树木飒飒作响。树木无声，山地无语。

我叫一声爸妈，儿子来拜年了！我展开鞭子，点燃。我，妻子，女儿分别在墓前那块石板前跪下叩头。我叩拜父母，也叩拜泥土，叩拜树木，拜谢它们日夜陪护着父母。我在父母坟前肃立良久，然后，转身离开。我感到身后的树木，都在目送我离开，像当年我离家，父母深情的凝望。

晚饭，开两桌，近三十人，热热闹闹，场面感人。饭菜上齐了，一些人正在享用美食，弟弟提议亲人们照一张全家福，于是，亲人们下桌，站到门前地坪上，按辈分从低到高站三行，请邻居帮忙照相。吃完饭，我们六个兄弟姊妹又照了相，和各自的另一半一起也照了相。不是过年，到不这样齐，大家都想保存这些时光。兄弟姊妹中，最小的也五十岁了。过一年，老去一岁，所以，都对这种团聚十分重视。晚上喝了几瓶酒，平时不沾酒的，也端起酒杯与亲人们碰杯相互祝福。

初三上午，我一家到了城关三姐夫李海燕家。妻子的姊妹们在此聚会。岳父岳母死后，李海燕夫妇的小家便成了妻这边姊妹的大家。人到齐后，先开车到岳父母坟前拜年。

我初四下午回长沙。过年的传统，我尊重，并且以实际行动践行了。我看重基于血脉的亲情。两边的兄弟姊妹，我都见面拜了年。有的，没有去府上拜，但一起吃了饭，喝了酒，意思到位了。一年到头，亲人们才这样团圆，免不了吃肉喝酒。生活乱，觉没睡好，身体不舒服像生病了。所以，我只好抽身而出。感情上，我依依不舍，还想待几天，理智上，我挥挥手，道一声珍重！

三

初六，亲戚们来我家聚会，共二十三人。我和妻子做几个人的饭菜，马马虎虎可以应付，二十几个人，担心做不好，侄儿湛斯厨艺好，我请他掌勺。初五晚上，我把碗柜里的碗碟筷子，拿出来，点点数，够不够。把碗筷，菜杯酒杯都洗一遍。妻子把冰箱里的菜拿出来解冻。我们盘算着做几个菜，初六上午，要买什么菜。初六，我早起去买菜。菜市开张的门店极少，几个关门的门店前有摆摊的临时菜贩。我买了两袋青菜。买的时候，想到人多，想多买点。提回家，便怨父母为什么只生我两只手。两只手提那些菜，走几米，就感非常吃力，把左右手提的菜交换一下，以为会好些，还是越走越感到沉重。冷，手冻得麻木，放下菜袋后，要站几分钟，手指方可伸直。歇了几次，才把菜提回家。

妹妹一家九点多就到了，带了鸡、狗、羊肉等。湛斯是十点多来的。他来后，我就把事交给他了。妻子打下手。亲人们一家一家陆续到齐了。最后到的，是大姐一家，她们十二点半才到。这时饭菜已上桌了。二十几个人围一桌，除几个喝酒的坐着，其余都站着吃。

以前，聚会煮一小锅饭，都剩很多。想到今天，准备这么多菜，以为饭少煮无妨。我就只煮一电饭煲的饭。有人，早饭没吃，吃了的，也只吃一点儿，饿到近一点钟了，大家都想吃饭。结果，每人盛一碗，电饭煲就见底了。我连忙又煮饭，要亲戚们吃菜。可是，菜以肉食为主，腊味占多数，亲戚们又不爱吃。喝酒的几个人，倒是悠闲些，喝着酒，吃着菜，饭不急于吃。但多数是不喝酒的，要吃饭，饭没了，菜又不合口味，他们拿着碗筷，东站站西站站，之后，就不打算吃了。待电饭煲煮熟饭，想添饭的人早已放下碗筷，没有胃口了。这时桌上，只有几个喝酒的人在热闹，那些大碗大碟的肉食还剩很多。

　　喝酒的人还没下桌，其他人喊走。他们要到弟弟家去拜年。一大帮人，一下便离开了。来也匆匆去也匆匆。一年，才这么聚一次，待这么多人到齐，又要一年了。相见时短，别离时长，"相见时难别亦难"！

过年（二）

白居易《客中守岁》有诗云："守岁尊无酒，思乡泪满巾"。过年，思乡思亲人，所以，过年都想回到亲人身边去。

吃团年饭，父母是十分看重的。一般是三十晚上团年，中餐随意吃点。吃了中饭，父母便开始做团年饭了。做好了，等亲人到齐，便开吃。谈谈笑笑地吃，从从容容地吃。团年饭，要吃得时间长。父母坐在子女之间，吃得少，笑得多，看着一班子人开开心心有说有笑，他们心满意足了。我家有一个大团桌，可围坐二十个人。每年团年饭，桌上摆满菜，坐的一圈人外还站着一圈人，菜是吃不完的。饭桌上必须有鱼，就是团年鱼。一条腊鲤鱼肚皮朝下立起。

父母对子女盼什么呢？小时候，盼我们成大，盼我们走出家门干大事。当我们走出家门，虽未做出什么大事，但自食其力后，父母盼我们平安，盼我们健康。当他们年岁渐高，就盼我们回家。他们不轻易讲出来，是通过我们回家后他们喜悦的眼神笑容等外在特征表露出来的。父母盼子女回家过年，越到晚年越强烈。上了岁数的人，对物质的东西看淡了，他们看重的是他们生下的人以及他们生下的人生下的人，这些人才是他们留给世间最宝贵的财富。父母不求你大红大紫，大富大贵，只求过年团团圆圆，生活圆圆满满。

每到年边夕近，父母就问话了。我当老师，若教高三，寒假便推迟了。"什么时候放假？"我说："小年前后吧。"，"那回来过小年。还上什么课，你读书那时没补课，不一样考学校。"我说："时代不同了。"，"那补完课，早点回来！"要是过小年没回家。父母又来电话了。"哎，一桌菜，你们没回，没吃什么。过年，还是要热闹。你们睡的床，开好了，被子床单都洗得干干净净，只等你们回。"

我有两个姐姐，一个妹妹，她们出嫁之后，便在夫家过年，正月初二，再来给父母拜年。农村拜年的规矩是：初一崽，初二郎，初三、初四拜地方。如果说准备团年饭父母灌足了爱心，那初二郎门女婿的拜年饭更是如此。一切重新准备，桌上只有团年鱼是现成的。腊月二十八杀鸡鸭时，父母便把初二初三吃的那份留出来了。初二，肉丸子是必做的。肉，大年三十早晨买好了。母亲切几坨精肉，搭点肥肉和一起剁碎，再伴几个鸡蛋，搓成丸子。所有人，尤其是父母的孙辈都爱吃，上桌每人就挖一碗。母亲做肉丸子时，除了加点盐或胡椒粉，没放其他作料，但非常香。我照她的程序做过，没有那种味。

母亲死后那年过年，年味就差很多。一样的食物，吃着寡淡的。有的，还反胃。虽然比往年只少一个人，并且父亲还在，但觉得缺少一个主心骨。第二年，父亲也死了。那年，我三兄弟三小家仍在一起过年。父母不在的年过得强颜欢笑，总在往事中流年。父母是天，失去父母才真正体会到。

现在，我也学我父母那样过年了。刚到腊月，就开始搞卫生。窗台上，门框上，阳台玻璃，书案抽屉，床底等来个大清扫。再洗被子，洗衣服，洗茶缸等各种器具。厨房油渍多，抽油烟机，气灶等自己又不会洗，请专业人员来洗。再慢慢准备年货。鸡鸭，猪牛羊肉，托人从农村买好。腊鱼腊肉，自己不方便熏制，我请人熏。

我也学父母问我什么时候回家过年一样，我问小孩放假的日子。她说："老师还未讲。"过几天，我又问："期末考试吗？"她说："还没有。放假前两天考。"，"那老师讲放假的日期吗？"她说："没有。"

终于有一天问清了。我和妻子把它视为一个重大的节日。时不时问一下对方：今天几号，好像是担心谁会忘记小孩回家的日子。有时，担心小孩会变卦似的，问她："放假的日子没变吧。"她说："没有。考完，第二天放假。"，"那好！票打好了吧，早打好了？行李多不多，我来接？哦，不要我来。那你注意安全。"问完，又觉得有一件事，遗忘了：那就是车到站的时间。她说："下午两点"，"那等你吃中饭"她讲她带了面包牛奶在车上吃，不必等。我说："没事，等你回家随便吃点。"

我家过年就从女儿回家开始了。

老屋

一

　　家乡有栋老屋，退休后，我想住回去，落叶归根吧，但我心里有矛盾。父母，生时我爱，死后我想，住在老屋，我会因思念而悲伤，因悲伤而幻想，因幻想而恐惧。父母用过的东西，大都在那里，几乎还是照他们生前的样子摆放的。每一件物品都重叠着无数的身影。这些影子会走动，时而散开时而会合，有光的地方有影子，无光的地方也有影子。

　　父母的遗像安在镜框，并排挂在墙上。母亲洗了头，白发梳理得整齐，脸上的皱纹痣痕都清晰可见。父亲，喜欢理光头，他本是方脸的，老了，脸瘦长了 。旁边还有两个大相框，里面嵌满了父母与他们的子孙们不同时期的生活照片。每一张照片，都有许多往事。往事如烟，只有唏嘘。

　　父母留给我们的财产就是这栋老屋。并排六间，东边多一厢房，西边另搭建了猪棚厕所。父亲说："湛家新屋，就我家风水最好，位于屋场最前面，坐南朝北，前无遮拦，后有青山，出门几步，就是水塘。"

老屋，是 1984 年下半年建的。1982 年大哥把分给他的两间房拆了，在原队屋禾坪建了新房。父亲想建房的想法就是这时产生的。两个姐姐已出嫁，我刚参加工作，弟弟正学木匠，妹妹还在读书。父母手中没什么余钱，想建房，困难很大。那时父亲正是我这种年纪，五十多岁。他先和别人合伙杀猪，没赚多少钱，后来跟别人到长沙收废品。

我刚毕业，分在湘阴七中教书，离家不到十里。一天，回家，看见老屋拆了，新屋砌一人多高了。地坪堆满了拆下的烂砖碎瓦，杂七杂八的东西。父亲笑着说："建新房，你拿点钱不？"我荷包里刚好有一百元钱，我就拿给他了。那年代，我每月工资是 37.5 元。当时，新房算高规格。墙是窑砖砌的，屋顶盖的都是新瓦，铺得很厚。其他人家，都是低矮的土砖房，盖的瓦薄，有的，盖茅草。室内几乎没装修，家里没钱了。瓦是赊来的，还欠了砌匠工钱，讲好年前给。当时，乡邻来贺喜，兑份子，送来几个长方形镜框。记得有几个镜面画了树，两只喜鹊站树丫上。每个门框的上方都斜斜地吊着一个。

农村实行土地承包责任制，我们一家田地是分一起的。大哥分家后，分走了他一小家的田地，剩下的，由父亲经营。晚稻收割后，田里基本没事，第二年春才开耕。父亲准备出去赚钱。过年快了，几笔账必须还。那时，农村剩余劳力都到城市打工，像父亲这种五十好几的人，少之又少。他能做什么呢？只能重操旧业收废品。

他要大哥代看一下那几丘田。菜土，则由母亲打理，父亲临走交代母亲，粪担不起，就喊人担一下。母亲不喊别人帮忙，她担不起就少挑点。个把月时间，父亲便回。有时，不到一个月，便回，那多半是运气好，钱提早赚到了。每次出去，要赚多少钱回来，他是有数的，够数便回来。

每次回家，他走到塘边就向母亲打招呼。母亲到三里外的酒坊打一斤谷酒，炒几个菜犒劳父亲。父母亲喝酒就是从这段时间开始的。母亲保持这习惯到死前两个月，父亲喝到某晚跌一跤后便戒了。那是几年之后的事。父亲晚上在别人家喝了酒，回家要经过一座石桥。桥由四条石拼成，桥下是石板，离桥面一米多。当时，秋季，没塞坝。他眼睛睁不开，走路高一脚低一脚，踏上桥，一个趔趄，人就到了桥下。他起不来，喊也无人听见，深夜，无人路过。直到母亲，出来寻人，才从桥下发现了他。他刚好倒在一土堆上。土堆是塞坝时遗留下来的，若不是倒在这土堆上，他肯定死了。从此以后，再不喝酒了。

现在收废品的，开一台小型电动拖车走街串巷，肯定轻松些。他一早挑一担箩筐出发，饿了，到路边小店买个饼吃。累了，打二两酒，两三口喝下去，来些力气，又继续赶路，收满一担就往回赶。晚上，要把垃圾似的废品分门别类捡拾好，常忙到半夜。

幸亏父亲下决心建一栋屋。晚年，父母曾和大哥一家住到一起，最后不欢而散。母亲，坚决要搬回老屋住。假如，没有这屋，他们是没有退路的。现在父母住到对门山上去了。老屋就一直空着，我回乡，总要到屋前屋后看看，透过窗户往里面瞧瞧。

二

晚年，父亲多次中风，母亲身体也不行，我们兄弟想：父母住老屋，一旦再有个闪失，怎么办呢？我们想让父母和大哥一家住一起。大哥家两层楼，后面还拖三间平房。一楼西边一间房作父母卧室，再拿一间平房给父母作厨房。和父母亲讲时，他们没有立即答应，最终还是同意。第二天，我们三兄弟，就把一些必要的用品搬上去了。安顿好后，母亲做了饭，叫大家一起吃饭，算一个乔迁之喜的仪式。住一起，我和弟弟可以安心一些，有什么事，大哥第一时间知道。父亲第三次中风，是在半夜，情况十分危险，母亲只能望着父亲，坐等天亮，才托邻居去喊大哥下来。幸亏，父亲命大，送医院抢救过来了。与大哥住一起，这种情况就不会发生了。

那天周六一早，我接到大哥打来电话，说母亲要搬下去，她一早就在搬。离上次搬上来，还不到一个月时间。我和弟弟立即驱车回家。我们没问什么原因，既然母亲要搬下去，就搬下去。父亲没作声。我和老弟把搬上来的东西一一搬下去。母亲跟着搬，她风湿病几十年了，右手指勾着，伸不太直，仍然坚持搬，走路的速度比平日快。她被一股气灌注了，所有的痛苦被一种巨大的精神消融了。她表现出来的冲劲，让人震撼。

当初，我们要父母搬上去住，还有个原因。这栋屋二十几年了，当时盖的瓦是那种小青瓦，时间久了，瓦碎了一些，瓦与瓦之间有缺口缝隙。外面下大雨，屋里下小雨。修补过几次，加了些新瓦，还是漏。外墙泥浆有些脱落，冬天风往屋里钻。纱窗纱门没有安好，夏天蚊子多。春天，地上出水。原来装的电线，都是明线，后来装风扇，安插座，又嫁接了许多支线，乱七八糟像蜘蛛网布满墙壁，有安全隐患。

我和弟弟商量，父母安静一两天后，住到大姐家去，家里来个大装修。做了纱门纱窗，有些门框也换了。刷了墙漆，屋里明亮多了。每个房间都装扣板，屋顶与地板之间就多了个屏障。屋面换大块的水泥瓦。旧电线剪掉，装了新线。大姐家隔得不远，在装修过程中，母亲天天来看两次，提出些建议，我们都采纳。

房屋装修好了，只几天，父母亲便住回来了。他们清理垃圾，擦洗家具，把床铺好，把东西摆好，屋里收拾得整整齐齐。父母都高兴，再不搬上搬下了。后来，母亲死在老屋，遵照母亲遗嘱，丧事就在老屋办。办完母亲的丧事后，父亲便住到大哥家去了。他的后事是在大哥家办的。

母亲节

今天，母亲节。据我的记忆，我们兄弟姊妹小时，家里缺衣少食，母亲总是愁眉苦脸。我们读书，母亲又为我们的学费发愁，每到开学日子，学费还不知在谁的荷包里。当我看到母亲跑遍一个生产队，还没有凑齐学费，坐在堂屋发呆，眼角有泪时，我真不想读书了。母亲说即使砸锅卖铁，也要送我们读书，她吃够了没有读书的苦。我们都成家立业了，母亲心还是挂我们身上，总是问长问短。

她从没考虑过如何养生，有个三病两疼，也不告诉我们，她强忍着。忍不住，就请乡村医生打针，吊几天水，越吊越严重后，再告诉我们。这时，只能住院了。她对待死亡是这样的：我要死，就死得痛快，瘫在床上要人服侍，我就吃老鼠药死，不害你们。她最后走，确实痛快，从发病到死，两个小时。

母亲在世，母亲节我没有特意为母亲做什么。开始，我根本没在意，母亲也只知道农历节日。之后，母亲节，有时，我也打个电话给她，走程序似的问她几个问题。她很配合，回答这几个问题。很快，她变为发问人，大小事都要问一遍，这是她多年的习惯。后来，母亲节，我就尽量回家。现在，连小学生都知道，在这天给妈妈送花，我从未想过要送花，我以为母亲七老八十了，什么花不花的。我只送过一次花给母亲，那是她死了。

母亲，八十多一点儿就死了！我还没吃腻她做的饭菜她就走了。我现在到哪里去吃这种口味？我吃任何东西，总把它们与母亲弄出的味道比较，不假思索地认为现在吃的东西不是个味。过节，我总想念在母亲身边过节的气氛，母亲走就把那种气氛带走了，永远带走了。

母亲呀，你那样急着走干什么，那边有什么好的？别人的母亲快九十岁了，准备冲百岁，你为何不挺住呢？开始那两年，你常梦中过来让我看一下，现在你梦也不报个来。母亲节前，为了梦见你，我睡觉时还睁着眼睛想你好久，当瞌睡来时，我还要自己想你，还是没有梦见你。

爷爷之死

　　祖屋有两栋，前后隔开，中间由一条顶部盖青瓦，两边砌窑砖方柱的通道连一起。方圆几里讲起湛家新屋，必提申二爹。申二爹，就是我爷爷，他排行第二。老屋大相框里有我爷爷的一张半身相片，头顶高处有一个小圆坨的黑帽子，瘦长的脸，眉毛粗，胡子长。爷爷本可以多活几年的，他身体好，年轻时代习过武，七十多岁时两三个小伙子拢不得身。父亲和伯父的板凳功，是爷爷教的。1961年刮共产风，全队男女老少集中吃大锅饭。老人小孩，每餐只能吃一小瓦钵饭，没有什么油水。爷爷的侄儿开榨坊榨油，承诺给一瓶菜油爷爷吃，一直没有兑现。那天爷爷饿得不行了，趁人不注意，到了榨房，顺手拿一小瓶油回家。他迫不及待地喝，喝了近半瓶，才发现味道不对，不久，肠翻胃倒，上呕下泻。他喝的是桐油。爷爷乱屙，床上地上都是屎尿，臭气熏天。屙了几天几夜就死了。大姐对我们几姊妹讲过多次，她说，那天晚上，她睡在床上，看见窗户外站着一个白胡子老倌，像爷爷。可爷爷睡在隔壁房间，怎么跑到外面来了呢？她吓得不敢出声。第二天一早，发现爷爷笔挺挺地躺在床上，死了，大姐晚上看见的，是爷爷的魂魄。爷爷葬在老队屋前的洼地。经过多次修补，坟变成大土包。后来，父亲出面，为爷爷修了石墓。周围竖起高高的石碑，墓上用水泥硬化了，再不会长草长树。

伯父

　　伯父个子比父亲略矮，威武健壮，一表人才。走路虎虎生风，讲话大声大气。他和父亲都练过拳脚，学的功夫叫板凳功，是我爷爷教给他们的。伯父有三分功夫，别人看起来就有七分，他力足，手脚灵活，打架时不顾后果，别人都怕他。伯父常到外面惹事，常有受害者找到家里来了。我爷爷不管事，我奶奶踮起三寸金莲，颤颤晃晃地出来，听人家诉说后，便哭哭啼啼骂崽是畜生，要打死他。这时，伯父早溜之大吉。他不是怕那些人，是怕奶奶打。奶奶拿些钱物给人家，再讲些好话。伯父与伯母属近亲结婚，育有两儿一女。长子，我喊伟哥，读书不多，高大，性格暴，人皆畏他。伟哥在当地镇上拖运石材为生。女儿，我喊琪姐，她比伟哥小几岁，身体矮矮胖胖，有些呆头呆脑。满儿子，我喊良哥，智障，只能做些简单的体力劳动。伯母在我十多岁时就被火车撞死了。

　　奶奶是在伯父一次打架伤人，对方来一帮人闹事时突然昏厥倒地死亡的。那时，父亲九岁。他当然记得自己的母亲，只是没有太多的印象。

父亲，一生最大的遗憾就是不知道奶奶葬在何处。他知道是葬在对门山上，不知具体位置。当时吃大锅饭，村里饿死很多人，谁会去顾及土中人呢？父亲上了年纪时，问过许多上了年纪的人，都说不清楚。伯父来这边时，两兄弟去找过，没有找到。后来，父亲不去找了。当他领着他的子孙们去给他父亲拜年时，他望着对门山，向他的母亲默哀。

父亲说过，土改时我家划成中农应归功于伯父。家里本有十几亩地，是租给别人种的，家里开店，还请了长工，有时，遇到一些特殊节日，还要请短工，家境尚可。两兄弟没分家，我大姐大哥也相继出生了，一大家人，开销大，这样，家里没有多少余钱了。钱紧张时，伯父做主卖田，到土改时，我家只有四亩多田了，和一般人差不多。1957年上半年，伯父做主，把后栋房屋卖了，那一条走道也拆了。我家只有一栋旧屋，也和一般人差不多。店还在开，规模缩小了，1958年土改划成分时，我们划为中农。要是没有卖掉田和屋，我家至少划为富农，那全家命运就惨了。

我结婚时，去请伯父喝喜酒。那时他退休了，住在白水镇一栋破旧的低矮的房子里，四周是菜土，一条马路从一侧经过，灰尘像白烟向房子这边压过来。两间房，地面没有硬化，黑漆漆的，窗户小，玻璃掉了几块，用旧塑料遮掩着，外墙有许多缝隙。我是骑单车去的，正是三伏天，伯父打开一台风扇对我吹，那风扇"嘎嘎"直叫。房屋当东晒，又当西晒，中午顶头晒。当时，我非常吃惊，伯父怎么住这种房子呢？父亲建房时，伯父来了，直到房子建成才走。当时父亲不准备砌窑砖墙，担心钱不够，伯父力主砌窑砖。他说，钱不够，可以借，以后再还。现在这栋房子还稳稳当当在那里，若是砌土砖，风吹雨淋，日晒夜露，外墙就会掉渣开裂，到时会垮。

伯父退休后，一年到我们这边至少来两趟，那是父母生日，一般是提前一天来。有一年，母亲生日，他搭信来说当天再来。那时，没手机。

母亲生日是农历六月十一，正是三伏天。母亲早把饭菜做好了，左等右等，不见伯父来，外面太阳像白炽灯刺眼，空气烫人。这时，从后门进来个人，说他看见一个人倒在田地像牛打滚，像你家伯父。我和弟弟，二话没说，就从后门出去了，那里离家两三百米，伯父趴在泥中，被污泥扯附着，身子立不起来，一脸的淤泥，只有眼睛在动。我和弟弟一人抬脚，一人抱腰，把他抬到路上，再扶他站起，轮流把他背回家。他本身有点偏胖，又滚了一身泥就更重了。

伯父爱钓鱼也会钓。岁数大一点的人都认得他，上下屋场有许多鱼塘，养了鱼，别人不能去钓，伯父可以去。他在阴沟边挖一小瓶蚯蚓，拿一张小矮凳坐在塘边树下，钩上穿半节蚯蚓后，摔下鱼钩，就只等鱼儿上钩。他提着一只空铁桶出去，回来时，有半桶鱼。他来了，我家天天有鱼吃。那时，我大姐大哥二姐三家都住在农村，相隔不远。伯父每次来，每户都要玩一两天。吃的鱼，由他钓，他伸杆就有收获。我曾陪他去钓过鱼，发现他选地是有考量的，有些塘，他看了看，说塘中鱼多，但草食多，鱼难上钩。有些塘，他只看一下水面的颜色，波动大小，就坐下来抛杆。那时农村生态还没有多少破坏，田里都有鱼，何况塘坝。伯父爱喝酒，中晚餐都喝，一天喝半斤没事。一家请客，其余都来，我们兄弟姊妹都喝酒的，自然要敬伯父，伯父十分开心，不经意之中就超量了。伯父喝了酒，总是称赞我父母，晚年比他幸福，一家人生得好。

父母情深

父亲 18 岁时，娶 14 岁的母亲做妻子。母亲嗔怪父亲时，经常讲我 14 岁就到你家做媳妇，意思是她吃的苦够多了。纵观母亲一生，她大半辈子是在苦难中求生存，60 岁以后，她的生活应该是幸福的，至少在物质方面是无后顾之忧的。

母亲长得漂亮，外公一家在当地也是大户。母亲前有大舅，后有二舅三舅四舅，还有满姨。满姨比母亲小近 20 岁，与我大姐年龄差不多。满姨未生时，外公就只有一个宝贝女儿，他很宠爱母亲。我母亲没有进过学堂门。旧社会，一般人家无钱送子女读书，外公家有钱，母亲为何没读书？我问过母亲，她说："外公怕我上学，被人欺负。那年代，农村读书人少，女孩读书的更少。"

父母育有三个儿，三个女。父亲对女儿疼爱些。大哥与大姐发生争执，他总骂大哥，下面四个，他也是宠着女儿，尤其是到了晚年，他对女儿的爱表现成一种深深的思念，渴望女儿回家。当女儿回家了，他显得特别开心，病痛也似乎不存在了。他骨子里有重男轻女的意识。他明确表示，他和母亲有崽，生活负担由崽负责。生日，女儿们来拜寿，拿一两百块钱，他收，但钱多了，就不要。过年过节，女儿也要拿点钱，他加一点，拿给外孙做压岁钱。生病住院，女儿来看他，拿钱同样不要，他不给女儿添负担。对崽，他讲明，每人每月负担多少钱。我们三兄弟自然维护父亲权威，给的钱物远超过他定的标准。父母晚年衣食无忧。他生日不到女儿家过，他和母亲能够自理时，他们自己买菜做饭，儿女们只管来吃饭。那些年，父母的生日就是我们一大家的节日。当然，还包括过年。后来，父母行动不便，母亲手指弯曲伸不直，多年的风湿病使然，做两桌饭不出来，父亲提议三个崽轮流承办生日饭，我们自然赞成。姐妹们也想参与，被父亲婉拒。父亲从不在女儿家过年，到儿子家过年，只要谁接他们去，他二话不说。这方面，母亲开明些，她倒愿意到三个女儿家去住，过生日过年都可，但父亲反对，她只好跟着。是不是他的女婿对他不敬？不是。是不是他的媳妇对他好得不能再好？不是。他认为崽是自己一家人，就算儿媳对他不是很好，他也不计较。这方面，母亲就不同，哪个子女对她好，她就去住，不管你是儿子，还是女儿。这样父母之间就常有矛盾。到了女儿家，母亲想多住几天，父亲就吵着要回去。若是住儿子家，母亲吵着要回去，父亲还想住几天。最后由子女做调解人：想住一方，把归期提前一点，想走一方，把归期滞后一点，互相妥协，求得双赢。

家里缺衣少食，是常态。父母想方设法维持一家人生命的延续。农村的苦难，是那个时代共同的苦难。出集体工，所有人被土地束缚，但土地给他们的是贫穷和饥饿，让父母总处在苦难的煎熬之中。煎熬太久，心就麻木了。

大约是从 20 世纪 70 年代起，家境开始好转。虽然仍是出集体工，但大哥大姐都是正劳力，可为父母分担些压力。到了 80 年代初，改革开

176

放，农村土地承包责任制，我家每年收的谷子吃不完了。那时，农民可以外出打工，农村经济好转了。二姐当上医生了，她出钱出力为父母解决了许多问题。

母亲爱喝酒，喝酒是要陪伴的，母亲本是爱热闹之人，家里酒客便多了。父亲爱静，家里人多，他讷口少言，样子严肃，在喝了酒的母亲看起来，更是难看。当酒客离开，父母之间便有了争吵。当母亲喝酒成为一种习惯，她与父亲的争吵就成为一种习惯。母亲喝了酒，平日的柔性就被刚性覆盖了，父亲一句话，或一件事做得不合她的意，她就生气。此时，父亲无论讲什么，在母亲看来都是强词夺理。如果不想把小事闹成大事，父亲明智的做法是保持沉默。父亲知道这个道理，母亲天天喝酒，他们并没有天天吵架。母亲在酒后的申诉中，总要提很早以前的事。那些事，我们子女听过多次，确实是父亲做得不对，受当时历史条件限制，无可奈何。这些事过去了，提也没用了，只能激发父亲心中的恶，父亲的忍耐力是有限的。父母之间为数不多的大吵，都是发生在酒后，都是这个原因。

父母吵吵闹闹主要发生在他们生命最后十年，也就是 21 世纪初开始这十几年。

20 世纪 80 年代，大哥分家，另建房屋，住到了岭上。父亲几次去长沙收废品，赚了些钱，建了新屋。常住人口是父母。二姐生小孩后，要母亲照料小孩。弟媳生小孩了，小孩自然是放家里，由母亲照理。我结婚生小孩后，母亲来我家带人。母亲带孙持续有十几年，母亲多次讲过，她的成就是带大一班人。她不分外孙内孙，只要是孙，只要请她带，她都带，只是有时分身无法，她只能去一家带孩子。

子女们知道母亲爱喝酒，早就买好上等的谷酒，泡些中药，至少准备两坛，这坛喝完，就喝那一坛，又去买酒把空坛灌满。母亲吃饭喝酒，下午和晚上，也要喝一杯。假如你有时间，她会和你讲过去的事，哪些人害过我们，哪些人帮过我们。她也讲自己小时候的趣事，我们小时候顽皮捣蛋的事。有时候，讲到某个节点，她就呜咽掉泪。她讲过多次，她如果会写，要把自己的经历写出来，让我们知道她所受过的苦。

母亲待人真诚，别人有事要她帮忙，她不遗余力。她从不甘示弱，并且有一种路见不平，拔刀相助的侠义情怀。上下屋场，哪个人做了伤天害理的事，她看不惯，免不了要讲，不喝酒，讲得比较收敛，也不是对所有人都讲，喝了酒，与酒客们扯到某人，她就直言不讳地抨击。农村有些女人，两边讨好，喜欢搬弄是非。这些话很快传到当事人那里去。当事人，是不会承认自己有什么错的，会来质问母亲为什么乱讲，或者站在离我家不远的地方，望着我家的方位骂街。母亲会装聋子吗？绝对不会！她意识到别人是指桑骂槐骂自己时，会毫不犹豫地站出来，与之对骂。大哥一家住岭上，其余五个离家更远，这样的事发生时没有人去劝阻母亲，父亲是劝不住的。每每听见母亲与人吵闹，我们的心情十分悲伤。当时母亲六十岁多了，是当了祖宗之人，竟被年龄比她小辈分的人恶言谩骂，我们的心在流血！我们做母亲的工作，劝她莫管闲事，过好自己的日子。你儿孙满堂，吃穿不愁，去操别人闲心干什么呢！后来，她慢慢在改。

那些曾骂过母亲的人，晚年都改变了对我父母的态度，善待我父母。但当时，对我母亲的侮辱造成的伤害刻入母亲的血骨，像树的年轮，是无法磨灭的。这些人，都还健在，也七老八十了，我见了她们，点点头，算是对她们的一种宽恕。晚年，母亲原谅了她们。母亲死时，上下屋场来的人最多，守夜的人黑压压一片，他们从内心深处尊重这位对人充满爱但疾恶如仇的好人。

当把孙辈带大，父母便定下心来安度晚年了。房子有很多间，父母只住一间，其他房间，母亲把床开好，收拾得干干净净，随我们什么时候回家，都有地方睡。我们一般是在节假日或父母生日时回家。回来时，热热闹闹，离家后，又冷冷清清，父母便在这种短暂的热闹与长久的冷寂中打发日子。

这么多空闲时间如何打发呢？父亲有副骨牌，放在一个长方形的、黑色的铁盒里。年轻人不玩这个，他有牌，还是没人跟他玩，除非是过年过节亲人们才陪他玩一下。母亲爱打纸牌，她出牌速度慢，晚辈们不愿与她打。别人来打，她又是煎茶，倒酒，留人家吃饭，人家也不太乐意，偶尔抽空来打几回。

父亲因无人打骨牌，转而打纸牌。他虽然多次中风，只是右手脚不灵便，左手可以抓牌打牌。他打牌只用一只手，摸到的牌都放到桌面上，人人可以看到他的牌，他打牌，手气好的时候多。要是来了三人，他想与母亲争位子，这自然是妄想。他只好坐在旁边观战，母亲中途要起身为牌友煎茶、倒酒等，他连忙替补，当母亲做完事急急乎乎来打牌，他还赖着不动，要打完这一盘，母亲也只好同意。接着，母亲的手气如果差，她就怪父亲挑土挑差了。如果只来了两人，父亲肯定上，他们坐对角。母亲要吃的牌，父亲要碰，母亲是十分恼火的，虽然她知道碰为大。每次打完牌父母之间便有些小小口角。这时，母亲做饭，父亲坐着生闷气。

有牌打，有口角，时间就这样过了，他们早早上床睡觉，不知道明天怎么过，甚至不知道还有没有明天。母亲对我讲过，她晚上醒得早，醒来再也睡不着，就睁着眼，望帐顶发呆，不由自主地想过去的人和事，很多事过去几十年了，都跑到眼前来了。没有牌打的日子占大多数，我们回家看看的日子屈指可数。那样多白天和黑夜，怎么过呢？对于寂寞的老人，白天也如黑夜一样悠长。父亲拄着拐杖上下屋场走走，但不到人家屋里去。母亲，也到上下屋场走，别人请她坐，煎茶倒酒，母亲不忍推辞，连坐一两家，酒就过量了。她晃晃悠悠到家，父亲便闻到一股酒味，不免责怪几句。母亲的脾气就来了，又讲起过去的事来了。父亲回过去的话，也与以前母亲提这些事时回敬过的话差不多。于是他们驾轻就熟地吵起来了。吵得不可开交时，母亲便打电话要大哥来评理。大哥那边责备几句，就要他们都莫作声了。也有大哥压不下阵的时候，这时母亲扎着气，饭也不做，不管父亲的生活。父亲中风后，饮食起居都是母亲安排的。一般情况下，口角之后，她事照做。不做饭了，就表示她生大气了，要给点颜色给父亲看。大哥便打我或者弟弟电话，要我们至少回来一个做做工作。我们常常一同回去。听见车响，母亲脸色转阴为晴，起身去煎茶。我们也不讲谁的不是。谁都有不是。开开玩笑，问他们辩论赛结束没有，要不要继续，不继续了，那我们来评奖，两个并列第一。母亲笑了，于是用一种平和的口气叙说事件经过，我们耐心地听着，不时开开玩笑。她讲的事，从我们的角度看来，都不是大不了的事，如一个人不作声，就平安无事。可谁不作声呢？一天到晚，不争吵的话，就很难讲几句话，吵吵闹闹，也就释放了冷气。如果我们还没吃饭，母亲又开始张罗饭菜了，虽然手脚迟缓，还是尽心尽力想做出最可口的饭菜给儿子们吃。

他们相濡以沫生活几十年，为什么到了生命最后几年要吵吵闹闹？他们辛辛苦苦把六个子女拉扯大，这些人是他们最为牵挂的。问题可能就出在这里，最为牵挂的人离他们越来越远了，他们有失落感。最初，子女们视他们为权威，他们也充分感受到了子女们的尊敬。但父辈与子辈的关系，受到自然法则的制约，这种自然法则显然不利于父母。当他们老了，便感到被冷漠被遗忘甚至被抛弃，又无可奈何，想子女像小时那样围绕在他们身边已不可能了。失落是他们共有的精神状态。孝敬父母最好的方式是常回家看看，让父母没有失落感。父母老年吵吵闹闹，是他们感受到失落之后的爱对方的方式。

母亲死后不到一年，父亲便追随而去了。

回乡散记

一

放暑假好几天了。我想回家乡看看。家乡，是我一生必要去的地方。时间流逝，世事沧桑，年岁渐大，回乡的心态有变化。现在回乡，一是为健在的亲人，二是为作古的父母，三是吊祭逝去的岁月。一、二，只是引子，三，才是主要目的。

我考上大学后，就与家乡渐行渐远。父母在时，回去勤。之后，回去少，每次待的时间也不长。尽管我有兄弟姊妹在老家，和亲人们关系好，感情深。家乡逐渐变成一种精神元素存留于脑际，是用来回忆的索引。

家乡变得不像我家乡了。很多老屋拆了，代之以楼房。很多路不通了，很多地方不见了。那些岁月就被这些杂草杂树挤占了。它们在我记忆中留存。很多人死了。很多人，我又不认识，即使打个招呼，也是形同路人，那种隔阂是明显的。这些我不认识的人，正处于生命强盛之时，是家乡的主力军。

二

除非过年或亲人有什么事，我一般是在春插和"双抢"两个时段回乡。清明节，刚好在春插期间，父母在或不在，我都是要回乡的。双抢正是暑假期间，我肯定要回乡看看。从前，这两个时段是家乡最繁忙的时候。不知从哪一年开始，大多只种中稻。中稻的播种在春末，插秧在夏天，收割到了秋天，自然就没有双抢了。春插和双抢，这些名词和那些消失的事物一样成为历史了。

为什么只种一稻？把化肥、农药、人力成本打进去，种田不赚钱，甚至亏本。谁愿意守着这一亩三分地做着费力不赚钱的蠢事呢？青壮劳力都到城市赚钱去了，很多人在城市买了房，安了家，和我一样，只是偶尔回乡看看。种一稻，一家吃的有。到外面赚钱多些，拿钱买米也合算。

晚上，到上下屋场走走，大都关门闭户，本来，常住家的就少，大都是妇女老弱，老的早早睡了，很多小孩到父母打工的城市去了。青壮劳力，一般过年，才回，有的，过年，也不回。农忙时节，有专门承揽耕作、播种、收割的专业户，出点钱就搞定。一部分人，将分到的田地无偿地交给别人打理，彻底与农业脱钩了。有人，干脆听任田地荒芜。于是，很多田地，长着半人高的草。过去那些菜地，杂粮地大都长成山了。

三

城市里可以拆的，早拆了。可拆可不拆的，在创造条件，慢慢拆。拆掉之后，当然是建楼盘。地上建不了呢，就到地下建。城市的生态越来越恶劣，从前把户口迁往城市很难，现在反过来了。开发商看准了商机，到乡村圈地建房。挖机大军浩浩荡荡，开向城郊，开向乡村。坐车时，看见新建的高楼一波接一波。房子是这个世界的主人，人变成房子的奴隶。许多青山绿水，被切割活埋。

村里，许多地方也在建房。许多山和田被毁。建房之风，早刮进乡村。很多乡亲，把多年积蓄，全部都搭进去，拆掉原本可以住的旧房，再建更高更宽敞的新房。

听说，湖南某专科职院在湘阴金龙镇圈了一大片地，投资两个多亿建新校区；某地产集团在与之毗邻的地方圈地建楼盘。很明显，职院选择距长沙近百里的地方建新校区，是因为这里地好又便宜。开发商不要担心楼盘变成烂尾楼，挂省城某名校之名办一所私校，楼盘就是学区房了。长沙学区房都是如此这般做成的。只是，哪个地方办了这种学区房，哪个地方的百姓就要在教育上花费更多的血汗钱。所谓优质教育资源都是资本炒作下的虚名，很多人被蒙在鼓里。

我回乡时要经过金龙镇，有幸看到了这两个工程。新校区围起来了，数台挖机正在挖山平地。那楼盘已具雏形。马路这边，挂起了许多红绸长条，许多断头树有规律排列着。远处的联排别墅群建好了，近处的高层正在建设中。几台吊车，像怪兽耸立半空，正吊着钢筋等材料。门楼一部分像古亭台，一部分像欧洲那种宝塔式圆顶，不伦不类。

我对破坏生态的行为有着本能的反感。不知这些地被卖掉，当地农民拿到多少钱，可以肯定拿到的补偿是很少的。他们以及他们的子孙万代永远失去对一方土地的使用权了。

<h1 style="text-align:center">四</h1>

很多村子已经消失了，很多村子正在消失，即将走上不归路。我的

家乡幸亏离大山近，离闹市远，城市的铁蹄没有踩到这里。我先前曾埋怨家乡太偏僻了，现在倒是庆幸。村子，到处是绿，凸起的山是墨绿，或间断，或连绵，或高或低，像画家随性写生，或重或轻，点到为止。平展如毯的是禾苗，嫩黄色。路在田间山坡穿行，是真正意义上的绿色通道。脚下的草丛，突然晃动，鸟儿飞起，它们原本躲在草中觅食。鸟声此起彼伏，有独奏，更多是大合唱。鸟声如风，在这些墨绿浅绿之间飘荡，阳光像淡黄的绸纱浮在村子上空。家乡的鸟来越感多，人越来越少。一路上，很少碰见人。这些山，这些树，是近年长成的。乡亲做饭不再以烧柴为主了，山间树木得以自由生长。大集体时开垦出来的，通水不畅的许多田土都荒了，自然就退耕还林了，现在是山的地方，好多原本不是山。山变成鸟的天堂，不开路，人是进不去的。

五

早晨，山鸟飞到屋前屋后树上电线上。鸟雀在树梢之上，上下跳跃，左右盘旋，叽叽喳喳，嘻嘻哈哈。电线平行并列，许多鸟蹲在电钱上，叫着，不时转动着身子，移动着位置，倏地，一对一对"啾"地一声，飞到更远的电线上去了。这些鸟的差异，主要体现在喙、尾翼、颜色上。这些鸟让这静寂的早晨充满生气。原来，家家户户喂鸡。黎明，曙光初露，雄鸡高叫，叫了第一声，就会叫第二声，远远近近雄鸡都叫起来。现在养鸡的人少，我没有听到鸡叫，醒时，唯鸟声充耳而来。这种密集的，清脆的，虽不高亢但热情欢快的鸟声和雄鸡叫声给人的启示一样：天亮了。

六

晚上，我沿着一条乡间大道散步，没有碰见人，这正合我心，我正是寻找一种宁静致远的时空。前方好像堵了，只要往前走，又有路，转弯抹角，曲径通幽，充满惊险。山不高不大，原是坡岭，是原来队上种红薯的地，现长满棕树，樟树，许多杂树，就成山了，往上越高，高处就与天齐高了，另一边都变成虚空。许多人事，退隐山的后面去了，到云的后面去了，退到我能见到的所有事物的后面去了，都变成虚空。

灯光稀疏，暗若星辰，微风拂面，清爽舒展。夜色如水，一切沉浸其中。禾苗与杂草一色，山丘像岛礁浮在夜色中。我好像到了一个新的星球上。

从某种意义上讲，我回家乡实际上是对现实的一种回避或逃离，回归本心最好的地方是家乡。吾心安处是家乡。此时此地，没有车水马龙，没有灯红酒绿，没有形形色色的脸谱，没有恐怖，没有束缚，总之，没有一切让我身心受役的有形或无形的事物，这是一个梦幻般的境界。

夜色深了，那些横亘在前方的高山，飘远了，也升高了。夜色填充了许多空洞沟壑，让万物有形而无形。我仿佛听到唏嘘的呼吸，许多微弱的声音响起，这是隐匿在草木之上，泥土之中的虫虫蚂蚁的声音，一种混合的乐音。有的声音大，但没有掩盖那些细微的声音。和鸟声一样，这些声音发乎非人，对人的思想情怀是一种净化或救赎。我突然想到雪，雪粉饰了污秽残缺，雪对现实的净化是实，而夜色的净化是虚，它提供一种理想化的状态，最适合人在清醒时做梦。

这几天，晴雨交替，气温高，天空一会儿白云如山突现，如波浪翻滚，一会儿乌云密布，风雨欲来。今晚夜色微明，是一种晴朗之色。有的地方一块块白，像鱼鳞，这些或明或暗的光应该是无名天体透射过来的余光，宇宙不可能全黑，夜色中总有光亮。百鸟在山间为我做梦，百虫在草中为我发声。这些比白天看起来更丰盈的树木花草，其实，寄托我的前世今生。

小时的梦是跳农门，离故乡越远越好。我发狠读书，考上大学，工作的地方一而再，再而三地挪动，最后到了省城。人过半百，行将退休。这之前，我就想后退了，想回到当初出发的地方去。我问自己：假如退休后，我住回老屋，会感到身心快乐吗？现在觉得家乡的静谧和简朴，让我舒展和安逸，一旦长住，我会不会感到这些连绵不断的绿色和沙漠一样给人窒息和绝望呢？我不得不承认我感到这种夜色这般美好，是我对家乡的背离或遗弃后的精神皈依。

我走过一段山路，到一水塘边。塘不大，塘中长有菱角，水面有一些细尖的叶子。我小时下塘扯过菱角。塘的上方，是一个同学的家。这屋前几年还是有人住的，现在屋被树和竹子遮挡了，我钻进去看一下，有一半倒塌了，剩下的两间，屋顶下凹，随时会倒。我快速走过，前面是一座庙，记得过年时，我同母亲来这里拜祭神灵。母亲死，入土前那天下午，发送的队伍，吹吹打打，送母亲的魂灵来这里报到，请阴间主事们好生接纳我母亲。当时我穿着孝服，对放爆竹送我母亲远行的人叩拜谢恩。此时庙门打开，里面漆黑一团。再往前走，有几户人家，我都认识，无灯，人去楼空，只有树和楼相对而立。不想再往前走了，那路的尽头是坟山，有些坟，新修了墓，一块块石头竖立，围着坟，坟前，还砌有香台门楣，石头顶端造型诡谲。

我来家乡，如同来庙堂，是一种自我朝拜，是对那些迷失的人性的呼唤与回归，是对天地和生命的敬畏与仰望。

妈妈的味道

　　我是吃妈妈做的饭长大的。爸爸不会做饭，也从不做饭。七十多岁中风后，手脚不听指挥，更是"饭来张口"。那个年代的家庭大都这样，男主外，女主内。

　　时代变了，现在家里谁做饭，就没有什么规定。谁有空，谁做。谁愿做，谁就做。谁爱做，谁就做。这爱，是自己喜爱，更是爱家人。我始终认为爱做饭的人是有大爱之人。民以食为天，做饭就是做天大的事，需要大爱。据我所看到的情况，女人做饭的家庭还是占多数。这是传统使然，更是爱使然。女人嫁了人，便全身心爱老公、子女，爱家，想尽己所能做美食给家人吃。这些家庭的男人大多会做饭，厨艺还比妻子高，有空也会帮忙做饭，家里来客了，也露一手。男人可以内外兼修。日常琐事，用心去做，男人和女人都可做好。

　　我从小吃惯了妈妈的饭菜，就以为天下饭菜就是这味。当时没有特别的感受，但味蕾是日积月累着那种味道。后来，我读高中、大学，参加工作，到家里吃饭的日子越来越少，感觉吃遍四面八方，妈妈的味道最好。

我刚参加工作时，那是上世纪八十年代，农村经济状况才开始好转。之前，饭吃不饱，更不会讲究菜。妈妈炒的菜，都是些坛子菜，自留地里种的小菜，田地野菜，鸡婆鸭蛋，等等，极少有鱼肉之类的荤菜。这些看似简单的家常菜，非常好吃。后来，家里经济状况好转，妈妈做的菜就多种多样了，特别是荤菜多了。

我结婚后，当然，要做饭吃。只要回乡，妈妈总要给我许多吃的，干菜、坛子菜、新鲜菜、家乡的鱼肉、鸡鸭等等。我和妻子试着想做出妈妈那种味道，一致认定是按照那种程序做的，硬是做不出那味。

妈妈有时来我这里小住。她带许多家乡菜来了。我要她做讲解示范，然后，我掌勺。妈妈夸我做得好，小孩却说："不好吃，嫘驰做的好吃些。"小孩不讲假话的，确实是她奶奶做的好吃。我继续拜师学艺。我喜欢吃薯粉。我要妈妈把做工再示范一遍。我站旁边看，不放过任何细节。先用开水泡化，再沥干。放锅里炒一阵后，放盐酱油入味入色，再炒，待炒成团，再放水煮，起锅前加点葱花。我看不出什么玄机，迫不及待试味，非常好吃，但第二天，我照模照样做，结果连我自己都不满意。

我问妈妈："这是怎么回事？"她笑笑，没作声。

可以说，我对妈妈的回忆大都是与吃连在一起的。逢时遇节，我大都带着妻儿回老家，美其名曰看父母，实际是想吃妈妈做的饭菜。爸爸妈妈都死了，再也吃不到妈妈的饭菜了。

我现在懂了，那种味道只有妈妈才做得出来，她把她对儿孙的爱，通过别人看不到，她也讲不出也不会讲，但切切实实做的方式，融入菜中去了。

现在想来，妈妈做的一切可吃的东西都好吃，不仅仅是饭菜。妈妈一生给我做的好吃的东西实在太多了，比如红薯饭、萝卜饭、粥、荞麦粑粑、麦子粑粑、米豆腐、糯米粑粑、苗糕、苗片、苗丝、苗粉等等。

妈妈炒的腊肉，太好吃了。那时的猪，是正宗的土猪，没吃一点饲料的。先把腊肉外面那层黑灰，用开水刮洗干净，再切成大块大块。腊肉肥肉多精肉少，黄生生的皮，白白亮亮的肉，那些柴屑木块的精气神通过烟溶进肉中去了，香味浓厚。腊肉四分熟，见火就熟。起锅之前，再放大蒜，那美味，无法用言辞表达。

妈妈蒸的豆豉剁辣椒，挑一点儿，可以吃三碗饭。那年代，搞大集体，缺衣少食，吃不饱。饭没了，就吃几大口剁辣椒当饭。

还比如空心菜、辣椒豆角、莴笋、大白菜等等；红烧肉、酸菜蒸扣肉、肉丸子、大蒜炒肉、红烧鱼、煎蛋煎鱼等等，现在想着就留口水。

妈妈做的毛豆腐，非常香，不软不硬，不咸不淡，白白净净，我不吃饭，也可吃一坨，市面上买的霉豆腐，我看着那浑浊灰黑的样子就恶心。

妈妈喜欢做干菜、坛子菜。家里那大碗柜内，放满了大包小包的干菜，比如酸菜、干萝卜、干辣椒等等。饭厅墙角，放了许多黑溜溜的坛子，剁辣椒、白辣椒、圆辣椒、辣椒萝卜、洋姜等等应有尽有。这些菜，蒸肉吃，炒着吃，或者就拿来当零食吃，都好吃。现在，我不吃坛子菜了，美其名曰是养生保健，实则是因为吃不到我想吃的坛子菜。假如妈妈在世，我依然爱吃她老人家做的坛子菜。

妈妈的味道永远消失了，像妈妈永远消失一样。

各种美食广告随处可见。各种美食绝味店，比比皆是。除非别人请客或者我自己因家里搞不下而请客下馆子，我是不会去吃的。许多餐馆靠一两个特色食品引得顾客盈门，甚至需网上预约餐位，现场排队等候。搞出了效应，就开连锁店，老板赚得盆满钵。只要有时间，我自己做饭吃。一个家，没有烟火，就不是家了。做饭，就是爱家爱亲人，一菜一汤，一瓢一勺，都是情。有人说，当下把客请到家里吃饭是最高规格。家是爱的聚集地，做饭是最真实最贴心的爱的表达。

到我家吃过饭的人，都夸我妻子厨艺好，我只是笑笑，我还是认为妈妈的厨艺无人可比，虽然妻子的厨艺比一般人高。

我小孩读大学之前，当然是吃她妈妈做的饭菜。吃久了，有时有怨言，说总是几样现菜，不想吃，吵着要去饭馆吃。但我们极少带她到外面吃。现在，她参加工作了，又讲非常想吃妈妈做的饭菜，夸妈妈的厨艺高。我想，小孩心中妈妈的味道，与我心中妈妈的味道，可比吗？肯定不可比，但都是家的味道，爱的味道，幸福的味道。

种大蒜

一年冬季，妻子说网上大蒜便宜，买了好几斤。吃了一个冬天，剩下的，还可以吃一个冬天。大蒜，不坐等被吃了，立春不几天，就长出了嫩黄的尖尖。妻子上网查询，大蒜发芽，可以吃。我看见那些尖尖被切断，而蒜头里有树的年轮一样的花纹，觉得太残忍了。我对妻子说，把大蒜种下吧。

阳台上有些闲置的花盆。那天下午，我和妻子合作，把那几个花盆里面的土挖出来，敲碎。

妻子说："蒜苗已露芽尖尖，要栽正。"她在盆里挖一个洞，栽一颗，再撒层泥。我说："这样做，耗时太多了。盆里放层泥，把大蒜坨扯开丢上面，再撒一层泥，就 OK 了。"妻子说："有的芽尖，横着；有的，倒插着，只怕会长不出来。"我说："尽管放心！放在菜篓子里都长芽了，放入泥土，如鱼得水，会长得更好！那些竹笋，即使被石头压着，也能伸出头来，大蒜同样有这种生命力。那些横的、倒插的，会调转身，冲出泥土的。"

蒜头多，我们种了五盆。最后，浇水。这时，黑色泥土之上，只露出两三个尖尖。

不几天，盆中长出许多黄尖尖，好像春天的笋子出土。这些蒜坨经过几天的努力，大都调整生命方向了。蒜苗分布并不均匀，估计，还有些没长出来。

我一天要看几次，它们像我脑中突然冒出的灵感一样，让我兴奋。

大约长到半筷子长时，每一根分出两片细长的叶子，后来，主秆不断长高变大，叶子不断长宽变粗。秆灰白，那两绺斜向上的长叶是嫩绿色。

开始，彼此之间有间隙，现在，盆面之上叶片交错，尽是绿了。

正是春天时节，蒜苗茁壮成长，长高了，叶子长宽了，参差披拂，春意盎然。凝视久了，觉得它们就是挺拔于山坡的拔节的竹笋。当然，它们长不那样高，但它们向世间展示了一抹绿，没有辜负春天，更没有辜负生命！

我每天推开窗户，第一眼看的就是大蒜。春来这么久，我没有去踏青赏花。这几盆大蒜和那些樱花、油菜花，那些我不知名的许许多多的花一样都是美的。每天，我都要蹲下，近距离看它们。正是它们，让我不忘记时令已是春天了。每一片绿色，都是新的生命，都是春天的符号，都了不起，都值得赞美！

春天的声音

一、鸟声

我所住的小区绿化好，很多鸟来小区筑巢安家。一年四季，鸟声不断。

夏天，鸟栖于树冠歇凉。鸟蝉共鸣，蝉声刺耳，而鸟声如山间流水。

秋高气爽时，鸟儿常从窗前飞过，留下一串串欢快的音符，叫我浮想翩翩。

冬季，鸟经常到地上觅食，跳着叫着，人走近，也不飞开。我有时佯装捉鸟，鸟一下飞到树垭上叽叽喳喳叫，好像在取笑我。我招手，叫鸟下来，有鸟真的飞落下来，自顾自啄食。

现在，正是春天时节，春风柔柔，春雨细细，春光融融。树木长出嫩尖，花儿竞相开放。春天是画，好像有无数双手在描绘。春天是音乐，各种虫鱼鸟兽都在春风中歌之舞之。小区的鸟增多了，每棵树上都有鸟。

我经常看见成双结对的鸟在树枝上嬉戏，一会儿又飞到另一棵树上去了。

早晨一醒来，就听见鸟声，我做梦时，它们就在叫了。我好奇地想：鸟起那么早，是在开朝会吧！很多鸟在叫，我分不出是些什么鸟。经过短暂的沉寂后，一只鸟先叫一声，很快许多鸟跟着叫；接着，另一种鸟声传来，声音粗粝。我仿佛看见它们声情并茂的样子，是不是雄鸟在向雌鸟在表白？一会儿，传出一阵嘻笑打闹的声音，很快又恢复秩序，一种混和的、轻柔的声音响起，感觉远远近近的鸟在合唱，歌声飘到窗前来了。

鸟是春天的歌手，也是四季的歌手。它歌唱每一个日子，歌唱自己的快乐。

二、雷声

冬天，很少打雷。民间有"雷打冬，十个牛栏九个空"之说，意思是说，冬天打雷，暖湿空气很活跃，冷空气也很强烈，天气阴冷，冰雪多，连牛都可能被冻死。

秋打雷，也不多见。印象中，秋打雷，雷声大雨点小。秋天消出了夏之火热，呈澄澈宁静之态，电闪雷鸣与秋的格调是不相称的。

夏季，烈日当空，热燥难受，就盼望下雨。夏天，雷声大雨也大。记得，双抢时节，本是骄阳似火，突然天空放阴，要下雨了。乡亲称夏天的雷阵雨为"抱脚"。这时，全队人都要去禾坪抢"抱脚"。禾坪上晒了稻谷，要赶在雨前收拢成堆，盖上薄膜压上稻草。那情形像打仗，喊喊叫叫，手忙脚乱，慢了的话，雨水就会把谷冲走。天空出现树枝形闪电，炸雷响了，像有无数石头在空中滚动，轰轰隆隆，要把天炸开、地炸裂。天上乌云滚滚，一股夹着水气的凉风吹来，听见雨从远处下过来了。夏雷轰下倾盆大雨，水雾弥漫，地面水飘飘。谷子收拢了，乡亲们站在屋檐下看雨，享受"抱脚"带来的凉快。"抱脚"来得急，下得猛，去得也快。脚上泥未干，雨就停了。

立春个多月，打雷两三次了。昨晚雷阵雨，室外亮如白昼时，雷响了，窗玻璃发出喳喳声。前天上午也打雷了。春雨受到雷声的鼓舞就有了夏雨的激情。

记得，小时候，春雷响过，春雨哗哗，塘满坝满。我和弟弟每人披一块塑料，到塘口田坑边的水沟去摸鱼。塘里的鱼听到雷声，往外跑，到处乱蹿。水沟中的水流向下丘田中的洞穴，鱼就到洞中了。洞不深，双手从两侧包操摸过去，鱼往手中钻。运气好的话，一个洞可以摸一斤多，主要是鲫鱼。洞穴大时，就把上面的水堵住，把洞掏干捉鱼。春天打一次雷，总要捉几斤鱼。

春雷过后，山坡上田土边，便长出一层黑色"植物"，一小朵一小朵，密密麻麻，乡亲称之为地木耳，和现在市面上的木耳类似，只是小很多。我经常去捡地木耳，提个桶去，不多时便捡一桶。出门就有，它们像叶子一样散落地上，只有一点儿根须与泥土相连。捡回家后，母亲再把混一起的草屑烂叶等清理干尽，洗干净泥沙后，就可以下锅炒了，鲜美可口。现在，估计没有捡了，那些空地都长满柴草野树。

莫负春光莫负卿

四年前父母相继离世，葬于老屋对门山。清明节，我都回乡扫墓。扯掉坟上的杂草，再插几串纸花，烧几扎钱币，放一挂鞭炮，叩首跪拜之后，就在坟前静静站着，祝父母那边过好。这是唯心主义，在父母的坟前，我也只能做唯心主义者，父母成了彻底的唯物主义者。

早几天雨水多，山路泥泞。我和大哥每人穿一双深筒雨靴上山。烂泥几寸，脚踩下去，泥浆没鞋帮。靴筒上泥巴越积越多，移动很吃力，不时有泥水往上飙。进山后，发现路边堆有枯死的竹树，有人把长到路中的竹树砍了，把路拓宽了。大路旁侧，又开了几条小路，两边堆满了被毁的树木，有后人为先人打墓。这些墓碑结构差不多，只大小有别。坟头硬化，顶中留有一块泥地，方便插花。周围是一圈高一米多高的石碑，坟前砌大门，有插香烛放祭品的石桌，有下跪的平台。几处石头醒目，应是不久前修的。这条上山的主路，是我母亲死时，租挖掘机挖的，当时山上全是密集茂盛的树木。后来，为方便上坟，族人沿着主路开出几条小路。这些路唯一的用处是上坟。总有竹子柴草长到路上，两侧树

197

丫倒向路中，不砍掉这些竹子和树丫，人走就很困难了。我们走到父母坟前，挂纸球，点燃香烛，放炮竹。然后，向父母叩头作揖。这时，想到了父母在世的往事，他们的影子在脑际中飘忽，这些念想，最终像那些爆竹的烟雾一样消失于树林中了。

清明前几天，大哥打电话问我清明回不。"当然，回。"又问："上午还是下午？""上午"。那要你嫂子准备中饭。妹妹也打来电话，也是问同样的话。我六兄弟姊妹，现长住老家的就只有大哥和妹妹两家了。上午扫墓，在大哥家吃中饭，下午去附近山地走走，在妹妹家吃晚饭。中午和大哥喝二两，晚上和妹夫又喝二两。当晚，我赶到县城与妻子那边的兄弟姊妹聚会，相约第二天为岳父母扫墓。

清明，四月五号，正是人间四月天。对逝者，我们满怀念想，感谢他们曾给予我们的暖和爱，许多暖和爱是在他们死后才深刻感知到的。清明节，与其说回乡扫墓，倒不如说是回乡与亲人团聚。清明扫墓自然还感受着春之暖，春之爱。就算雨纷纷，也是暖暖春雨，它滋润万物，温暖人心。到处是新生的阜，初长的叶，桃花樱花映山红油菜花，各式各样不知名的花，一波接一波开放。春天生长的一切，是人心萌发的希望。

《清明》一诗，可能是流传最广的诗。清明时节雨纷纷，思也纷纷，悲也纷纷，行人匆匆，走在生死之路上，想到生命须臾，阴阳两隔，焉能不断魂。这两句，悲冷晦暗，只是铺垫，这诗的主调不是悲，而是对生命和生活的热爱。"借问酒家何处有？牧童遥指杏花村。"牧童小手一指，像一道霞光，行人眼前一亮，看到了杏花村酒幡飘飘，步履加快了，逝者安息，我喝酒去！烂漫的杏花，浓烈的美酒与雨纷纷呼应，那种明亮那种快乐已跃然纸上了。

今年清明，没有雨纷纷，而是春光灿烂。祖宗把清明定在人间四月天，是有意要后人扫墓祭祖也踏青，莫负春光莫负卿。